CONSUELO.

OUVRAGES
SOUS PRESSE.

SOUVENIRS INTIMES DU COMTE DE MESNARD, premier écuyer de la duchesse de Berry, recueillis et publiés par madame Mélanie Waldor, 3 vol. in-8.

L'ENFANT SANS MÈRE, par S. Henry Berthoud, 2 v. in-8.

LE PROLÉTAIRE, publié par Georges Sand.

GUY DE RENCUREL, par Barginet, 2 vol. in-8.

LE CAPITAINE SPARTACUS, par Paul Feval, 2 vol. in-8.

VERGNIAUD, roman historique, par Touchard-Lafosse, 2 vol. in-8.

LE PETIT-FILS DE GIL BLAS, par Jules David, 2 vol. in-8.

LAGNY. — Imprimerie de Giroux et Vialat.

CONSUELO

PAR

GEORGE SAND.

Tome Quatrième.

PARIS,

L. DE POTTER, LIBRAIRE-ÉDITEUR.

Acquéreur du Cabinet littéraire, Collection universelle des meilleurs romans modernes,

Rue Saint-Jacques, 38.

1843.

1

Ce fut un bien beau jour pour Albert que celui où il vit sa Consuelo reprendre à la vie, appuyée sur le bras de son vieux père, et lui tendre la main en présence de sa famille, en disant avec un sourire ineffable :
— Voici celui qui m'a sauvée, et qui m'a soignée comme si j'étais sa sœur.

Mais ce jour, qui fut l'apogée de son bonheur, changea tout à coup, et plus qu'il ne l'avait voulu prévoir, ses relations avec Consuelo. Désormais associée aux occupations et rendue aux habitudes de la famille, elle ne se trouva plus que rarement seule avec lui. Le vieux comte, qui paraissait avoir pris pour elle une prédilection plus vive qu'avant sa maladie, l'entourait de ses soins avec une sorte de galanterie paternelle dont elle se sentait profondément touchée. La chanoinesse, qui ne disait plus rien, ne s'en faisait pas moins un devoir de veiller sur tous ses pas, et de venir se mettre en tiers dans tous ses entretiens avec Albert. Enfin, comme celui-ci ne donnait plus aucun signe d'aliénation mentale, on se livra au plaisir de recevoir et même d'attirer les parents et les voisins, longtemps négligés. On mit une sorte d'ostentation naïve et tendre à

leur montrer combien le jeune comte de Rudolstadt était redevenu sociable et gracieux ;
et Consuelo paraissant exiger de lui, par ses
regards et son exemple, qu'il remplît le vœu
de ses parents, il lui fallut bien reprendre les
manières d'un homme du monde et d'un châtelain hospitalier.

Cette rapide transformation lui coûta extrêmement. Il s'y résigna pour obéir à celle
qu'il aimait. Mais il eût voulu en être récom-
pensé par des entretiens plus longs et
des épanchements plus complets. Il sup-
portait patiemment des journées de contrainte et d'ennui, pour obtenir d'elle le
soir un mot d'approbation et de remercie-
ment. Mais, quand la chanoinesse venait,
comme un spectre importun, se placer entre
eux, et lui arracher cette pure jouissance, il
sentait son âme s'aigrir et sa force l'abandonner. Il passait des nuits cruelles, et sou-

vent il approchait de la citerne, qui n'avait
pas cessé d'être pleine et limpide depuis le
jour où il l'avait remontée portant Consuelo
dans ses bras. Plongé dans une morne rêverie, il maudissait presque le serment qu'il
avait fait de ne plus retourner à son ermitage. Il s'effrayait de se sentir malheureux,
et de ne pouvoir ensevelir le secret de sa
douleur dans les entrailles de la terre.

L'altération de ses traits, après ces insom-
nies, le retour passager, mais de plus en
plus fréquent, de son air sombre et dis-
trait, ne pouvaient manquer de frapper
ses parents et son amie. Mais celle-ci avait
trouvé le moyen de dissiper ces nuages, et de
reprendre son empire chaque fois qu'elle
était menacée de le perdre. Elle se mettait à
chanter ; et aussitôt le jeune comte, charmé
ou subjugué, se soulageait par des pleurs,
ou s'animait d'un nouvel enthousiasme. Ce

remède était infaillible, et, quand il pouvait lui dire qnelques mots à la dérobée : — Consuelo, s'écriait-il, tu connais le chemin de mon âme. Tu possèdes la puissance refusée au vulgaire, et tu la possèdes plus qu'aucun être vivant en ce monde. Tu parles le langage divin, tu sais exprimer les sentiments les plus sublimes, et communiquer les émotions puissantes de ton âme inspirée. Chante donc toujours quand tu me vois succomber. Les paroles que tu prononces dans tes chants ont peu de sens pour moi; elles ne sont qu'un thême abrégé, une indication incomplète, sur lesquels la pensée musicale s'exerce et se développe. Je les écoute à peine; ce que j'entends, ce qui pénètre au fond de mon cœur, c'est ta voix, c'est ton accent, c'est ton inspiration. La musique dit tout ce que l'âme rêve et pressent de plus mystérieux et de plus élevé. C'est la manisfestation d'un

ordre d'idées et de sentiments supérieurs à
ce que la parole humaine pourrait exprimer.
C'est la révélation de l'infini ; et, quand tu
chantes, je n'appartiens plus à l'humanité
que parce que l'humanité a puisé de divin
et d'éternel dans le sein du Créateur. Tout ce
que ta bouche me refuse de consolation et
d'encouragement dans le cours ordinaire de
la vie, tout ce que la tyrannie sociale défend
à ton cœur de me révéler, tes chants me le
rendent au centuple. Tu me communiques
alors tout ton être, et mon âme te possède
dans la joie et dans la douleur, dans la foi et
dans la crainte, dans le transport de l'enthousiasme et dans les langueurs de la rêverie.

Quelquefois Albert disait ces choses à
Consuelo en espagnol, en présence de sa famille. Mais la contrariété évidente que don-
naient à la chanoinesse ces sortes d'*à-parte*,

et le sentiment de la convenance, empê-
chaient la jeune fille d'y répondre. Un jour
enfin elle se trouva seule avec lui au jardin,
et comme il lui parlait encore du bonheur
qu'il éprouvait à l'entendre chanter : —
Puisque la musique est un langage plus
complet et plus persuasif que la parole, lui
dit-elle, pourquoi ne le parlez-vous jamais
avec moi, vous qui le connaissez peut-être
encore mieux ?

— Que voulez-vous dire, Consuelo ? s'é-
cria le jeune comte frappé de surprise. Je
ne suis musicien qu'en vous écoutant.

— Ne cherchez pas à me tromper, reprit-
elle : je n'ai jamais entendu tirer d'un violon
une voix divinement humaine qu'une seule
fois dans ma vie, et c'était par vous, Albert;
c'était dans la grotte du Schreckenstein. Je
vous ai entendu ce jour-là, avant que vous
m'ayez vue. J'ai surpris votre secret ; il faut

que vous me le pardonniez, et que vous me
fassiez entendre encore cet admirable chant,
dont j'ai retenu quelques phrases, et qui
m'a révélé des beautés inconnues dans la
musique.

Consuelo essaya à demi-voix ces phrases,
dont elle se souvenait confusément et qu'Albert reconnut aussitôt. — C'est un cantique
populaire sur des paroles hussitiques, lui dit-
il. Les vers sont de mon ancêtre Hyncko
Podiebrad, le fils du roi Georges, et l'un des
poètes de la patrie. Noûs avons une foule de
poésies admirables de Streye, de Simon Lom-
nicky, et de plusieurs autres, qui ont été mis
à l'index par la police impériale. Ces chants
religieux et nationaux, mis en musique
par les génies inconnus de la Bohême, ne se
sont pas tous conservés dans la mémoire des
Bohémiens. Le peuple en a retenu quelques-
uns, et Zdenko, qui est doué d'une mémoire

et d'un sentiment musical extraordinaires, en sait par tradition un assez grand nombre que j'ai recueillis et notés. Ils sont bien beaux, et vous aurez du plaisir à les connaître. Mais je ne pourrai vous les faire entendre que dans mon ermitage. C'est là qu'est mon violon et toute ma musique. J'ai des recueils manuscrits fort précieux des vieux auteurs catholiques et protestants. Je gage que vous ne connaissez ni Josquin, dont Luther nous a transmis plusieurs thèmes dans ses chorals, ni Claude le jeune, ni Arcadelt, ni George Rhaw, ni Benoît Ducis, ni Jean de Weiss. Cette curieuse exploration ne vous engagera-t-elle pas, chère Consuelo, à venir revoir ma grotte, dont je suis exilé depuis si longtemps, et visiter mon église, que vous ne connaissez pas encore non plus ?

Cette proposition, tout en piquant la curiosité de la jeune artiste, fut écoutée en tremblant. Cette affreuse grotte lui rappelait des souvenirs qu'elle ne pouvait se retracer sans frissonner, et l'idée d'y retourner seule avec Albert, malgré toute la confiance qu'elle avait prise en lui, lui causa une émotion pénible dont il s'aperçut bien vite.

— Vous avez de la répugnance pour ce pèlerinage que vous m'aviez pourtant promis de renouveler ; n'en parlons plus, dit-il. Fidèle à mon serment, je ne le ferai pas sans vous.

— Vous me rappelez le mien, Albert, reprit-elle ; je le tiendrai dès que vous l'exigerez. Mais, mon cher docteur, vous devez songer que je n'ai pas encore la force nécessaire. Ne voudrez-vous donc pas auparavant me faire voir cette musique curieuse, et entendre cet admirable artiste qui joue du violon beaucoup mieux que je ne chante?

— Je ne sais pas si vous raillez, chère

sœur ; mais je sais bien que vous ne m'enten-
drez pas ailleurs que dans ma grotte. C'est là
que j'ai essayé de faire parler, selon mon
cœur, cet instrument dont j'ignorais le sens,
après avoir eu pendant plusieurs années un
professeur brillant et frivole, chèrement payé
par mon père. C'est là que j'ai compris ce
que c'est que la musique, et quelle sacrilège
dérision une grande partie des hommes y a
substituée. Quant à moi, j'avoue qu'il me
serait impossible de tirer un son de mon
violon, si je n'étais prosterné en esprit devant la divinité. Même si je vous voyais froide
à mes côtés, attentive seulement à la forme
des morceaux que je joue, et curieuse d'examiner le plus ou moins de talent que je puis
avoir, je jouerais si mal que je doute que
vous pussiez m'écouter. Je n'ai jamais, depuis que je sais un peu m'en servir, touché
cet instrument , consacré pour moi à la

louange du Seigneur ou au cri de ma prière
ardente, sans me sentir transporté dans le
monde idéal, et sans obéir au souffle d'une
sorte d'inspiration mystérieuse que je ne puis
appeler à mon gré, et qui me quitte sans que
j'aie aucun moyen de la soumettre et de la
fixer. Demandez-moi la plus simple phrase
quand je suis de sang-froid, et, malgré le
désir que j'aurai de vous complaire, ma mémoire me trahira, mes doigts deviendront
aussi incertains que ceux d'un enfant qui es-
saie ses premières notes.

— Je ne suis pas indigne, répondit Consuelo attentive et pénétrée, de comprendre
votre manière d'envisager la musique. J'espère bien pouvoir m'associer à votre prière
avec une âme assez recueillie et assez fer-
vente pour que ma présence ne refroidisse
pas votre inspiration. Ah! pourquoi mon
maître Porpora ne peut-il entendre ce que

vous dites sur l'art sacré, mon cher Albert!
il serait à vos genoux. Et pourtant ce grand
artiste lui-même ne pousse pas la rigidité
aussi loin que vous, et il croit que le chanteur
et le virtuose doivent puiser le souffle qui les
anime dans la sympathie et l'admiration de
l'auditoire qui les écoute.

— C'est peut-être que le Porpora, quoi
qu'il en dise, confond en musique le sentiment religieux avec la pensée humaine; c'est
peut-être aussi qu'il entend la musique sacrée en catholique; et si j'étais à son point de
vue, je raisonnerais comme lui. Si j'étais en
communion de foi et de sympathie avec un
peuple professant un culte qui serait le mien, je
chercherais, dans le contact de ces âmes ani-
mées du même sentiment religieux que moi,
une inspiration que jusqu'ici j'ai été forcé de
chercher dans la solitude, et que par conséquent j'ai imparfaitement rencontrée. Si j'ai

jamais le bonheur d'unir, dans une prière
selon mon cœur, ta voix divine, Consuelo,
aux accents de mon violon, sans aucun doute
je m'élèverai plus haut que je n'ai jamais
fait, et ma prière sera plus digne de la divinité. Mais n'oublie pas, chère enfant, que
jusqu'ici mes croyances ont été abominables
à tous les êtres qui m'environnent ; ceux
qu'elles n'auraient pas scandalisés en auraient
fait un sujet de moquerie. Voilà pourquoi
j'ai caché, comme un secret entre Dieu, le
pauvre Zdenko, et moi, le faible don que je
possède. Mon père aime la musique, et voudrait que cet instrument, aussi sacré pour
moi que les cistres des mystères d'Eleusis,
servît à son amusement. Que deviendrais-je,
grand Dieu ! s'il me fallait accompagner une
cavatine à Amélie, et que deviendrait mon
père si je lui jouais un de ces vieux airs hussitiques qui ont mené tant de Bohémiens aux

mines ou au supplice, ou un cantique plus moderne de nos pères luthériens, dont il rougit de descendre? Hélas! Consuelo, je ne sais guère de choses plus nouvelles. Il en existe sans doute, et d'admirables. Ce que vous m'apprenez de Hœndel et des autres grands maîtres dont vous êtes nourrie me paraît supérieur, à beaucoup d'égards, à ce que j'ai à vous enseigner à mon tour. Mais, pour connaître et apprendre cette musique, il eût fallu me mettre en relation avec un nouveau monde musical; et c'est avec vous seule que je pourrai me résoudre à y entrer, pour y chercher les trésors longtemps ignorés ou dédaignés que vous allez verser sur moi à pleines mains.

— Et moi, dit Consuelo en souriant, je crois que je ne me chargerai point de cette éducation. Ce que j'ai entendu dans la grotte est si beau, si grand, si unique en son genre, que je craindrais de mettre du gravier dans une source de cristal et de diamant. O Albert ! je vois bien que vous en savez plus que moi-même en musique. Mais maintenant, ne me direz-vous rien de cette musique profane dont je suis forcée de faire profession ? Je crains de découvrir que, dans celle-là comme dans l'autre, j'ai été jusqu'à ce jour au dessous de ma mission, en y portant la même ignorance ou la même légèreté.

— Bien loin de le croire, Consuelo, je regarde votre rôle comme sacré ; et comme votre profession est la plus sublime qu'une femme puisse embrasser, votre âme est la plus digne d'en remplir le sacerdoce.

— Attendez, attendez, cher comte, reprit Consuelo en souriant. De ce que je vous ai parlé souvent du couvent où j'ai appris la musique, et de l'église où j'ai chanté les louanges du Seigneur, vous en concluez que

je m'étais destinée au service des autels, ou
aux modestes enseignements du cloître. Mais
si je vous apprenais que la Zingarella, fidèle
à son origine, était vouée au hazard dès son
enfance, et que toute son éducation a été un
mélange de travaux religieux et profanes
auxquels sa volonté portait une égale ardeur,
insouciante d'aboutir au monastère ou au
théâtre...

— Certain que Dieu a mis son sceau sur
ton front, et qu'il t'a vouée à la sainteté dès
le ventre de ta mère, je m'inquiéterais fort
peu pour toi du hasard des choses humaines,
et je garderais la conviction que tu dois être
sainte sur le théâtre aussi bien que dans le
cloître.

— Eh quoi! l'austérité de vos pensées ne
s'effraierait pas du contact d'une comédienne!

— A l'aurore des religions, reprit-il, le

théâtre et le temple sont un même sanctuaire. Dans la pureté des idées premières,
les cérémonies du culte sont le spectacle des
peuples ; les arts prennent naissance au
pied des autels ; la danse elle-même, cet art
aujourd'hui consacré à des idées d'impure
volupté, est la musique des sens dans les fêtes des dieux. La musique et la poésie sont
les plus hautes expressions de la foi, et la
femme douée de génie et de beauté est prêtresse, sibylle et initiatrice. A ces formes sé-
vères et grandes du passé ont succédé d'absurdes et coupables distinctions : la religion
romaine a proscrit la beauté de ses fêtes, et
la femme de ses solennités; au lieu de diriger et d'ennoblir l'amour, elle l'a banni et
condamné. La beauté, la femme et l'amour,
ne pouvaient perdre leur empire. Les hommes leur ont élevé d'autres temples qu'ils ont
appelés théâtres, et où nul autre dieu n'est

venu présider. Est-ce votre faute, Consuelo,
si ces gymnases sont devenus des antres de
corruption? La nature, qui poursuit ses prodiges sans s'inquiéter de l'accueil que rece-
vront ses chefs-d'œuvre parmi les hommes,
vous avait formée pour briller entre toutes
les femmes, et pour répandre sur le monde les
trésors de la puissance et du génie. Le cloître
et le tombeau sont synonymes. Vous ne pou-
viez, sans commettre un suicide, ensevelir
les dons de la Providence. Vous avez dû
chercher votre essor dans un air plus libre.
La manifestation est la condition de certaines
existences, le vœu de la nature les y pousse
irrésistiblement; et la volonté de Dieu à cet
égard est si positive, qu'il leur retire les facultés dont il les avait douées, dès qu'elles
en méconnaissent l'usage. L'artiste dépérit
et s'éteint dans l'obscurité, comme le pen-
seur s'égare et s'exaspère dans la solitude

absolue, comme tout esprit humain se.dété-
riore et se détruit dans l'isolement et la
claustration. Allez donc au théâtre, Consuelo,
si vous voulez, et subissez-en l'apparente flé-
trissure avec la résignation d'une âme pieuse,
destinée à souffrir, à chercher vainement sa
patrie ence mon de d'aujourd'hui, mais forcée
de fuir les ténèbres qui ne sont pas l'élément
de sa vie, et hors desquelles le souffle de
l'Esprit Saint la rejette impérieusement.

Albert parla longtemps ainsi avec animation, entraînant Consuelo à pas rapides sous
les ombrages de la garenne. Il n'eut pas de
peine à lui communiquer l'enthousiasme
qu'il portait dans le sentiment de l'art, et à
lui faire oublier la répugnance qu'elle avait
eue d'abord à retourner à la grotte. En
voyant qu'il le désirait vivement, elle se mit
à désirer elle-même de se retrouver seule
assez longtemps avec lui pour entendre les

idées que cet homme ardent et timide n'osait émettre que devant elle. C'étaient des idées bien nouvelles pour Consuelo, et peut-être l'étaient-elles tout à fait dans la bouche d'un patricien de ce temps et de ce pays. Elles ne frappaient cependant la jeune artiste que comme une formule franche et hardie des sentiments qui fermentaient en elle. Dévote et comédienne, elle entendait chaque jour la chanoinesse et le chapelain damner sans rémission les histrions et les baladins ses confrères. En se voyant réhabilitée, comme elle croyait avoir droit de l'être, par un homme sérieux et pénétré, elle sentit sa poitrine s'élargir et son cœur y battre plus à l'aise, comme s'il l'eût fait entrer dans la véritable région de sa vie. Ses yeux s'humectaient de larmes, et ses joues brillaient d'une vive et sainte rougeur, lorsqu'elle aperçut au fond d'une allée la chanoinesse qui la

cherchait.—Ah ! ma prêtresse ! lui dit Albert
en serrant contre sa poitrine ce bras enlacé
au sien, vous viendrez prier dans mon
église !

— Oui, lui répondit-elle, j'irai certainement.

— Et quand donc?

— Quand vous voudrez. Jugez-vous que
je sois de force à entreprendre ce nouvel
exploit?

— Oui ; car nous irons au Schreckenstein
en plein jour et par une route moins dangereuse que la citerne. Vous sentez-vous le
courage d'être levée demain avec l'aube
et de franchir les portes aussitôt qu'elles seront ouvertes? Je serai dans ces buissons,
que vous voyez d'ici au flanc de la colline,
là où vous apercevez une croix de pierre, et
je vous servirai de guide.

— Eh bien, je vous le promets, répondit

Consuelo, non sans un dernier battement de cœur.

— Il fait bien frais ce soir pour une aussi longue promenade, dit la chanoinesse en les abordant.

Albert ne répondit rien ; il ne savait pas feindre. Consuelo, qui ne se sentait pas troublée par le genre d'émotion qu'elle éprouvait, passa hardiment son autre bras sous celui de la chanoinesse, et lui donna un gros baiser sur l'épaule. Wenceslawa eût bien voulu lui battre froid ; mais elle subissait malgré elle l'ascendant de cette âme droite et affectueuse. Elle soupira, et, en rentrant, elle alla dire une prière pour sa conversion.

2

Plusieurs jours s'écoulèrent pourtant sans que le vœu d'Albert pût être exaucé. Consuelo fut surveillée de si près par la chanoinesse, qu'elle eut beau se lever avec l'aurore et franchir le pont-levis la première, elle trouva toujours la tante ou le chapelain

errant sous la charmille de l'esplanade, et
de là, observant tout le terrain découvert
qu'il fallait traverser pour gagner les buissons de la colline. Elle prit le parti de se promener seule à portée de leurs regards, et de
renoncer à rejoindre Albert, qui, de sa retraite ombragée, distingua les vedettes en-
nemies, fit un grand détour dans le fourré,
et rentra au château sans être aperçu.

— Vous avez été vous promener de grand
matin, signora Porporina, dit à déjeûner la
chanoinesse ; ne craignez-vous pas que l'humidité de la rosée vous soit contraire?

— C'est moi, ma tante, reprit le jeune
comte, qui ai conseillé à la signora de respirer la fraîcheur du matin, et je ne doute
pas que ces promenades ne lui soient très
favorables.

— J'aurais cru qu'une personne qui se
consacre à la musique vocale, reprit la cha-

noinesse avec un peu d'affectation, ne devait pas s'exposer à nos matinées brumeuses ; mais si c'est d'après votre ordonnance...

— Ayez donc confiance dans les décisions d'Albert, dit le comte Christian ; il a assez prouvé qu'il était aussi bon médecin que bon fils et bon ami.

La dissimulation à laquelle Consuelo fut forcée de se prêter en rougissant, lui parut très pénible. Elle s'en plaignit doucement à Albert, quand elle put lui adresser quelques paroles à la dérobée, et le pria de renoncer à son projet, du moins jusqu'à ce que la vigilance de sa tante fût assoupie. Albert lui obéit, mais en la suppliant de continuer à se promener le matin dans les environs du parc, de manière à ce qu'il pût la rejoindre lorsqu'un moment favorable se présenterait.

Consuelo eût bien voulu s'en dispenser.
Quoiqu'elle aimât la promenade, et qu'elle
éprouvât le besoin de marcher un peu tous
les jours, hors de cette enceinte de murailles
et de fossés où sa pensée était comme étouffée sous le sentiment de la captivité, elle
souffrait de tromper des gens qu'elle respec-
tait et dont elle recevait l'hospitalité. Un peu
d'amour lève bien des scrupules; mais l'a-
mitié réfléchit, et Consuelo réfléchissait
beaucoup. On était aux derniers beaux
jours de l'été; car plusieurs mois s'étaient
écoulés déjà depuis qu'elle habitait le château des Géants. Quel été pour Consuelo! le
plus pâle automne de l'Italie avait plus de
lumière et de chaleur. Mais cet air tiède, ce
ciel souvent voilé par de légers nuages
blancs et floconneux, avaient aussi leur
charme et leur genre de beautés. Elle trouvait dans ses courses solitaires un attrait

qu'augmentait peut-être aussi le peu d'empressement qu'elle avait à revoir le souterrain. Malgré la résolution qu'elle avait prise, elle sentait qu'Albert eût levé un poids de sa poitrine en lui rendant sa promesse ; et lorsqu'elle n'était plus sous l'empire de son regard suppliant et de ses paroles enthousiastes, elle se prenait à bénir secrètement la tante de la soustraire à cet engagement par les obstacles que chaque jour elle y apportait.

Un matin, elle vit, des bords du torrent qu'elle côtoyait, Albert penché sur la balustrade de son parterre, bien loin au dessus d'elle. Malgré la distance qui les séparait, elle se sentait presque toujours sous l'œil inquiet et passionné de cet homme, par qui elle s'était laissé en quelque sorte dominer.

— Ma situation est fort étrange, se disait-elle ; tandis que cet ami persévérant m'ob-

servepour voir si je suis fidèle au dévouement
que je lui ai juré, sans doute, de quelque autre point du château, je suis surveillée, pour
que je n'aie point avec lui des rapports que
leurs usages et leurs convenances proscri-
vent. Je ne sais ce qui se passe dans l'esprit
des uns et des autres. La baronne Amélie
ne revient pas. La chanoinesse semble se
méfier de moi, et se refroidir à mon égard.
Le comte Christian redouble d'amitié, et
prétend redouter le retour du Porpora, qui
sera probablement le signal de mon départ.
Albert paraît avoir oublié que je lui ai dé-
fendu d'espérer mon amour. Comme s'il devait tout attendre de moi, il ne me demande
rien pour l'avenir, et n'abjure point cette
passion qui a l'air de le rendre heureux en
dépit de mon impuissance à la partager.
Cependant me voici comme une amante dé-
clarée, l'attendant chaque matin à son ren-

dez-vous, auquel je désire qu'il ne puisse
venir, m'exposant au blâme, que sais-je! au
mépris d'une famille qui ne peut comprendre
ni mon dévouement, ni mes rapports avec
lui, puisque je ne les comprends pas moi-
même et n'en prévois point l'issue. Bizarre
destinée que la mienne ! serais-je donc con-
damnée à me dévouer toujours sans être
aimée de ce que j'aime, ou sans aimer ce que
j'estime ?

Au milieu de ces réflexions, une profonde
mélancolie s'empara de son âme. Elle éprouvait le besoin de s'appartenir à elle-même,
ce besoin souverain et légitime, véritable
condition du progrès et du développement
chez l'artiste supérieur. La sollicitude qu'elle
avait vouée au comte Albert lui pesait comme
une chaîne. Cet amer souvenir, qu'elle avait
conservé d'Anzoleto et de Venise, s'attachait
à elle dans l'inaction et dans la solitude d'une

vie trop monotone et trop régulière pour son organisation puissante.

Elle s'arrêta auprès du rocher qu'Albert lui avait souvent montré, comme étant celui où, par une étrange fatalité, il l'avait vue enfant une première fois, attachée avec des courroies sur le dos de sa mère, comme la balle d'un colporteur, et courant par monts et par vaux en chantant comme la cigale de la fable, sans souci du lendemain, sans appréhension de la vieillesse menaçante et de la misère inexorable. O ma pauvre mère ! pensa la jeune Zingarella ; me voici ramenée, par d'incompréhensibles destinées, aux lieux que tu traversas pour n'en garder qu'un vague souvenir et le gage d'une touchante hospitalité. Tu fus jeune et belle, et, sans doute, tu rencontras bien des gîtes où l'amour t'eût reçue, où la société eût pu t'absoudre et te transformer, où enfin ta vie dure et vagabonde eût pu se fixer et s'abjurer dans le sein du bien-être et du repos. Mais tu sentais et tu disais toujours que ce bien-être c'était la contrainte, et ce repos, l'ennui, mortel aux âmes d'artiste. Tu avais raison, je le sens bien ; car me voici dans ce château où tu n'as voulu passer qu'une nuit comme dans tous les autres ; m'y voici à l'abri du besoin et de la fatigue, bien traitée, bien choyée, avec un riche seigneur à mes pieds... Et pourtant la contrainte m'y étouffe, et l'ennui m'y consume.

Consuelo, saisie d'un accablement extraordinaire, s'était assise sur le rocher. Elle regardait le sable du sentier, comme si elle eût cru y retrouver la trace des pieds nus de sa mère. Les brebis, en passant, avaient laissé aux épines quelques brins de leur toison. Cette laine d'un brun roux rappelait précisément à Consuelo la couleur naturelle

du drap grossier dont était fait le manteau
de sa mère, ce manteau qui l'avait si longtemps protégée contre le froid et le soleil,
contre la poussière et la pluie. Elle l'avait vu
tomber de leurs épaules pièce par pièce. —
Et nous aussi, se disait-elle, nous étions de
pauvres brebis errantes, et nous laissions les
lambeaux de notre dépouille aux ronces des
chemins; mais nous emportions toujours le
fier amour et la pleine jouissance de notre
chère liberté!

En rêvant ainsi, Consuelo laissait tomber
de longs regards sur ce sentier de sable jaune
qui serpentait gracieusement sur la colline,
et qui, s'élargissant au bas du vallon, se di-
rigeait vers le nord en traçant une grande
ligne sinueuse au milieu des verts sapins et
des noires bruyères. Qu'y a-t-il de plus beau
qu'un chemin? pensait-elle; c'est le symbole
et l'image d'une vie active et variée. Que

d'idées riantes s'attachent pour moi aux capricieux détours de celui-ci! Je ne me souviens pas des lieux qu'il traverse, et que
pourtant j'ai traversés jadis. Mais qu'ils doivent être beaux, au prix de cette noire for-
teresse qui dort là éternellement sur ses im-
mobiles rochers! Comme ces graviers aux
pâles nuances d'or mat qui le rayent molle-
ment, et ces genêts d'or brûlant qui le coupent de leurs ombres, sont plus doux à la
vue que les allées droites et les raides char-
milles de ce parc orgueilleux et froid! Rien
qu'à regarder les grandes lignes sèches d'un
jardin, la lassitude me prend. Pourquoi mes
pieds chercheraient-ils à atteindre ce que
mes yeux et ma pensée embrassent tout d'a-
bord? au lieu que le libre chemin qui s'enfuit
et se cache à demi dans les bois m'invite et
m'appelle à suivre ses détours et à pénétrer
ses mystères. Et puis ce chemin, c'est le pas-

sage de l'humanité, c'est la route de l'univers. Il n'appartient pas à un maître qui puisse le fermer ou l'ouvrir à son gré. Ce n'est pas seulement le puissant et le riche qui ont le droit de fouler ses marges fleuries et de respirer ses sauvages parfums. Tout oiseau peut suspendre son nid à ses branches, tout vagabond peut reposer sa tête sur ses pierres. Devant lui, un mur ou une palissade ne ferme point l'horizon. Le ciel ne finit pas devant lui ; et tant que la vue peut s'étendre, le chemin est une terre de liberté. A droite, à gauche, les champs, les bois appartiennent à des maîtres ; le chemin appartient à celui qui ne possède pas autre chose ; aussi comme il l'aime ! Le plus grossier mendiant a pour lui un amour invincible. Qu'on lui bâtisse des hôpitaux aussi riches que des palais, ce seront toujours des prisons ; sa poésie, son rêve, sa passion, ce sera toujours le grand chemin !

O ma mère ! ma mère ! tu le savais bien ; tu me l'avais bien dit ! Que ne puis-je ranimer ta cendre, qui dort si loin de moi sous l'algue des lagunes ! Que ne peux-tu me reprendre sur tes fortes épaules et me porter là-bas, là-bas où vole l'hirondelle vers les collines bleues, où le souvenir du passé et le regret du bonheur perdu ne peuvent suivre l'artiste aux pieds légers qui voyage plus vite qu'eux, et met chaque jour un nouvel horizon, un nouveau monde entre lui et les ennemis de sa liberté ! Pauvre mère ! que ne peux-tu encore me chérir et m'opprimer, m'accabler tour à tour de baisers et de coups, comme le vent qui tantôt caresse et tantôt renverse les jeunes blés sur la plaine, pour les relever et les coucher encore à sa fantaisie ! Tu étais une âme mieux trempée que la mienne, et tu m'aurais arrachée, de gré ou de force, aux liens où je me laisse prendre à chaque pas!

Au milieu de sa rêverie enivrante et douloureuse, Consuelo fut frappée par le son d'une voix qui la fit tressaillir comme si un fer rouge se fût posé sur son cœur. C'était une voix d'homme, qui partait du ravin assez loin au dessous d'elle, et fredonnait en dialecte vénitien le chant de l'*Écho*, l'une des plus originales compositions du Chiozzetto (1). La personne qui chantait ne donnait pas toute sa voix, et sa respiration semblait entrecoupée par la marche. Elle lançait une phrase au hasard, comme si elle eût voulu se distraire de l'ennui du chemin, et s'interrompait pour parler avec une autre personne; puis elle reprenait sa chanson, répétant plusieurs fois la même modulation

(1) Jean Croce, de Chioggia, seizième siècle.

comme pour s'exercer, et recommençait à
parler, en se rapprochant toujours du lieu où
Consuelo, immobile et palpitante, se sentait
défaillir. Elle ne pouvait entendre les discours du voyageur à son compagnon, il était
encore trop loin d'elle. Elle ne pouvait le
voir, un rocher en saillie l'empêchait de
plonger dans la partie du ravin où il était
engagé. Mais pouvait-elle méconnaître un
instant cette voix, cet accent qu'elle connaissait si bien, et les fragments de ce morceau
qu'elle-même avait enseigné et fait répéter
tant de fois à son ingrat élève !

Enfin les deux voyageurs invisibles s'étant
rapprochés, elle entendit l'un des deux, dont
la voix lui était inconnue, dire à l'autre en
mauvais italien et avec l'accent du pays : —
Eh! eh! signor, ne montez pas par ici, les
chevaux ne pourraient pas vous y suivre, et
v ous me perdriez de vue ; suivez-moi le long

du torrent. Voyez! la route est devant nous,
et l'endroit que vous prenez est un sentier
pour les piétons.

La voix que Consuelo connaissait si bien
parut s'éloigner et redescendre, et bientôt
elle l'entendit demander quel était ce beau
château qu'on voyait sur l'autre rive.

— C'est *Riesenburg*, comme qui dirait *il
castello dei giganti*, répondit le guide; car
c'en était un de profession, et Consuelo
commençait à le voir au bas de la colline, à
pied et conduisant par la bride deux chevaux
couverts de sueur. Le mauvais état du chemin, dévasté récemment par le torrent, avait
forcé les cavaliers de mettre pied à terre.
Le voyageur suivait à quelque distance, et
enfin Consuelo put l'apercevoir en se penchant sur le rocher qui la protégeait. Il lui
tournait le dos, et portait un costume de
voyage qui changeait sa tournure et jusqu'à

sa démarche. Si elle n'eût entendu sa voix, elle eût cru que ce n'était pas lui. Mais il s'arrêta pour regarder le château, et, ôtant son large chapeau, il s'essuya le visage avec son mouchoir. Quoiqu'elle ne le vît qu'en plongeant d'en haut sur sa tête, elle reconnut cette abondante chevelure dorée et bouclée, et le mouvement qu'il avait coutume de faire avec la main pour en soulever le poids sur son front et sur sa nuque lorsqu'il avait chaud. — Ce château a l'air très respectable, dit-il ; et si j'en avais le temps, j'aurais envie d'aller demander à déjeûner aux géants qui l'habitent.

— Oh ! n'y essayez pas, répondit le guide en secouant la tête. Les Rudolstadt ne reçoivent que les mendiants ou les parents.

— Pas plus hospitaliers que cela ? Le diable les emporte !

— Écoutez donc ! c'est qu'ils ont quelque chose à cacher.

— Un trésor, ou un crime ?

— Oh ! rien ; c'est leur fils qui est fou.

— Le diable l'emporte aussi, en ce cas ! Il leur rendra service.

Le guide se mit à rire. Anzoleto se remit à chanter. — Allons, dit le guide en s'arrêtant, voici le mauvais chemin passé ; si vous voulez remonter à cheval, nous allons faire un temps de galop jusqu'à Tusta. La route est magnifique jusque-là ; rien que du sable. Vous trouverez là la grande route de Prague et de bons chevaux de poste.

— Alors, dit Anzoleto en rajustant ses étriers, je pourrai dire : Le diable t'emporte aussi ! car tes haridelles, tes chemins de montagne et toi, commencez à m'ennuyer singulièrement.

En parlant ainsi, il enfourcha lestement

sa monture, lui enfonça ses deux éperons
dans le ventre, et, sans s'inquiéter de son
guide qui le suivait à grand' peine, il partit
comme un trait dans la direction du nord,
soulevant des tourbillons de poussière sur ce
chemin que Consuelo venait de contempler si
longtemps, et où elle s'attendait si peu à voir
passer comme une vision fatale l'ennemi de
sa vie, l'éternel souci de son cœur.

Elle le suivit des yeux dans un état de stupeur impossible à exprimer. Glacée par le dégoût et la crainte, tant qu'il avait été à portée
de sa voix, elle s'était tenue cachée et tremblante. Mais quand elle le vit s'éloigner, quand
elle songea qu'elle allait le perdre de vue et
peut-être pour toujours, elle ne sentit plus
qu'un horrible désespoir. Elle s'élança sur le
rocher, pour le voir plus longtemps; et l'indes-
tructible amour qu'elle lui portait se réveillant avec délire, elle voulut crier vers lui pour

l'appeler. Mais sa voix expira sur ses lèvres ;
il lui sembla que la main de la mort serrait
sa gorge et déchirait sa poitrine : ses yeux se
voilèrent ; un bruit sourd comme celui de la
mer gronda dans ses oreilles ; et, en retombant épuisée au bas du rocher, elle se trouva
dans les bras d'Albert, qui s'était approché
sans qu'elle prît garde à lui, et qui l'emporta
mourante dans un endroit plus sombre et
plus caché de la montagne.

3

La crainte de trahir par son émotion un
secret qu'elle avait jusque là si bien caché au
fond de son âme rendit à Consuelo la force
de se contraindre, et de laisser croire à Albert que la situation où il l'avait surprise
n'avait rien d'extraordinaire. Au moment

où le jeune comte l'avait reçue dans ses
bras, pâle et prête à défaillir, Anzoleto et
son guide venaient de disparaître au loin
dans les sapins, et Albert put s'attribuer à
lui-même le danger qu'elle avait couru de
tomber dans le précipice. L'idée de ce danger, qu'il avait causé sans doute en l'ef-
frayant par son approche, venait de le troubler lui-même à tel point qu'il ne s'aperçut guère du désordre de ses réponses dans
les premiers instants. Consuelo, à qui il inspirait encore parfois un certain effroi superstitieux, craignit d'abord qu'il ne devinât,
par la force de ses pressentiments, une partie de ce mystère. Mais Albert, depuis que
l'amour le faisait vivre de la vie des autres
hommes, semblait avoir perdu les facultés
en quelque sorte surnaturelles qu'il avait
possédées auparavant. Elle put maîtriser
bientôt son agitation, et la proposition qu'il

lui fit de la conduire à son ermitage ne lui
causa pas en ce moment le déplaisir qu'elle
en eût ressenti quelques heures auparavant.
Il lui sembla que l'âme austère et l'habitation
lugubre de cet homme si sérieusement dévoué à son sort s'ouvraient devant elle comme
un refuge où elle trouverait le calme et la
force nécessaires pour lutter contre les souvenirs de sa passion. — C'est la Providence
qui m'envoie cet ami au sein des épreuves,
pensa-t-elle, et ce sombre sanctuaire où il
veut m'entraîner est là comme un emblème
de la tombe où je dois m'engloutir, plutôt que
de suivre la trace du mauvais génie que je
viens de voir passer. Oh! oui, mon Dieu!
plutôt que de m'attacher à ses pas, faites
que la terre s'entr'ouvre sous les miens, et ne
me rende jamais au monde des vivants !

— Chère Consolation, lui dit Albert, je venais vous dire que ma tante, ayant ce ma-

tin à recevoir et à examiner les comptes de ses fermiers, ne songeait point à nous, et que nous avions enfin la liberté d'accomplir notre pèlerinage. Pourtant, si vous éprouvez encore quelque répugnance à revoir des lieux qui vous rappellent tant de souffrances et de terreurs...

— Non, mon ami, non, répondit Consuelo ; je sens, au contraire, que jamais je n'ai été mieux disposée à prier dans votre église, et à joindre mon âme à la vôtre sur les ailes de ce chant sacré que vous avez promis de me faire entendre.

Ils prirent ensemble le chemin du Schreckenstein ; et, en s'enfonçant sous les bois dans la direction opposée à celle qu'Anzoleto avait prise, Consuelo se sentit soulagée, comme si chaque pas qu'elle faisait pour s'éloigner de lui eût détruit de plus en plus le charme funeste dont elle venait de ressentir

les atteintes. Elle marchait si vite et si réso-
lument, quoique grave et recueillie, que le
comte Albert eût pu attribuer cet empressement naïf au seul désir de lui complaire,
s'il n'eût conservé cette défiance de lui-
même et de sa propre destinée qui faisait le
fond de son caractère.

Il la conduisit au pied du Schreckenstein, à
l'entrée d'une grotte remplie d'eau dor-
mante et toute obstruée par une abondante
végétation. — Cette grotte, où vous pouvez
remarquer quelques traces de construction
voûtée, lui dit-il, s'appelle dans le pays la
Cave du Moine. Les uns pensent que c'était
le cellier d'une maison de religieux, lorsque,
à la place de ces décombres, il y avait un
bourg fortifié; d'autres racontent que ce fut
postérieurement la retraite d'un criminel repentant qui s'était fait ermite par esprit de
pénitence. Quoi qu'il en soit, personne n'ose

y pénétrer, et chacun prétend que l'eau dont
elle s'est remplie est profonde et mortellement vénéneuse, à cause des veines de cui-
vre par lesquelles elle s'est frayé un passage.
Mais cette eau n'est effectivement ni profonde ni dangereuse : elle dort sur un lit de
rochers ; et nous allons la traverser aisément
si vous voulez encore une fois, Consuelo, vous
confier à la force de mes bras et à la sainteté
de mon amour pour vous.

En parlant ainsi après s'être assuré que
personne ne les avait suivis et ne pouvait les
observer, il la prit dans ses bras pour qu'elle
n'eût point à mouiller sa chaussure, et, entrant dans l'eau jusqu'à mi-jambes, il se
fraya un passage à travers les arbrisseaux et
les guirlandes de lierre qui cachaient le fond
de la grotte. Au bout d'un très court trajet,
il la déposa sur un sable sec et fin, dans un
endroit complètement sombre, où aussitôt

il alluma la lanterne dont il s'était muni; et
après quelques détours dans des galeries
souterraines assez semblables à celles que
Consuelo avait déjà parcourues avec lui, ils se
trouvèrent à une porte de la cellule opposée
à celle qu'elle avait franchie la première
fois.

— Cette construction souterraine, lui dit
Albert, a été destinée dans le principe à servir de refuge, en temps de guerre, soit aux
principaux habitants du bourg qui couvrait
la colline, soit aux seigneurs du château des
Géants dont ce bourg était un fief, et qui
pouvaient s'y rendre secrètement par les pas-
sages que vous connaissez. Si un ermite a
occupé depuis, comme on l'assure, la Cave
du Moine, il est probable qu'il a eu connaissance de cette retraite; car la galerie que
nous venons de parcourir m'a semblé dé-
blayée assez nouvellement, tandis que j'ai

trouvé celles qui conduisent au château en-
combrées, en beaucoup d'endroits, de terres
et de gravois dont j'ai eu bien de la peine à
les dégager. En outre, les vestiges que j'ai
retrouvés ici, les débris de natte, la cruche,
le crucifix, la lampe, et enfin les ossements
d'un homme couché sur le dos, les mains encore croisées sur la poitrine, dans l'attitude
d'une dernière prière à l'heure du dernier
sommeil, m'ont prouvé qu'un solitaire y
avait achevé pieusement et paisiblement son
existence mystérieuse. Nos paysans croient
que l'âme de l'ermite habite encore les entrailles de la montagne. Ils disent qu'ils l'ont
vue souvent errer alentour, ou voltiger sur la
cime au clair de la lune ; qu'ils l'ont entendue
prier, soupirer, gémir, et même qu'une musique étrange et incompréhensible est venue
parfois, comme un souffle à peine saisissa-
ble, expirer autour d'eux sur les ailes de la

nuit. Moi-même, Consuelo, lorsque l'exaltation du désespoir peuplait la nature autour
de moi de fantômes et de prodiges, j'ai cru
voir le sombre pénitent prosterné sous le
Hussite; je me suis figuré entendre sa voix
plaintive et ses soupirs déchirants monter des
profondeurs de l'abîme. Mais depuis que j'ai
découvert et habité cette cellule, je ne me
souviens pas d'y avoir trouvé d'autre solitaire
que moi, rencontré d'autre spectre que ma
propre figure, ni entendu d'autres gémisse-
ments que ceux qui s'échappaient de ma poitrine.

Consuelo, depuis sa première entrevue avec
Albert dans ce souterrain, ne lui avait plus
jamais entendu tenir de discours insensés.
Elle n'avait donc jamais osé lui rappeler les
étranges paroles qu'il lui avait dites cette
nuit-là, ni les hallucinations au milieu desquelles elle l'avait surpris. Elle s'étonna de

voir en cet instant qu'il en avait absolument perdu le souvenir; et, n'osant les lui rappeler, elle se contenta de lui demander si la tranquillité d'une telle solitude l'avait effectivement délivré des agitations dont il parlait.

— Je ne saurais vous le dire bien précisément, lui répondit-il; et, à moins que vous ne l'exigiez, je ne veux point forcer ma mémoire à ce travail. Je crois bien avoir été en proie auparavant à une véritable démence. Les efforts que je faisais pour la cacher la trahissaient davantage en l'exaspérant. Lorsque, grâce à Zdenko, qui possédait par tradition le secret de ces constructions souterraines, j'eus enfin trouvé un moyen de me soustraire à la sollicitude de mes parents et de cacher mes accès de désespoir, mon existence changea. Je repris une sorte d'empire sur moi-même; et, certain de pouvoir me dérober aux témoins importuns, lorsque je serais trop fortement envahi par mon mal, je vins à bout de jouer dans ma famille le rôle d'un homme tranquille et résigné à tout.

Consuelo vit bien que le pauvre Albert se faisait illusion sur quelques points ; mais elle sentit que ce n'était pas le moment de le dissuader ; et, s'applaudissant de le voir parler de son passé avec tant de sang-froid et de détachement, elle se mit à examiner la cellule avec plus d'attention qu'elle n'avait pu le faire la première fois. Elle vit alors que l'espèce de soin et de propreté qu'elle y avait remarquée n'y régnait plus du tout, et que l'humidité des murs, le froid de l'atmosphère, et la moisissure des livres, constataient au contraire un abandon complet.

— Vous voyez que je vous ai tenu parole, lui dit Albert, qui, à grand'peine, venait de rallumer le poêle ; je n'ai pas mis les pieds ici depuis que vous m'en avez arraché par l'effet de la toute-puissance que vous avez sur moi.

Consuelo eut sur les lèvres une question qu'elle s'empressa de retenir. Elle était sur le point de demander si l'ami Zdenko, le serviteur fidèle, le gardien jaloux, avait négligé et abandonné aussi l'ermitage. Mais elle se souvint de la tristesse profonde qu'elle avait réveillée chez Albert toutes les fois qu'elle s'était hasardée à lui demander ce qu'il était devenu, et pourquoi elle ne l'avait jamais revu depuis sa terrible rencontre avec lui dans le souterrain. Albert avait toujours éludé ces questions, soit en feignant de ne pas les entendre, soit en la priant d'être tranquille, et de ne plus rien craindre de la part de l'*innocent*. Elle s'était donc persuadé d'abord que Zdenko avait reçu et exécuté

fidèlement l'ordre de ne jamais se présenter
devant ses yeux. Mais lorsqu'elle avait repris ses promenades solitaires, Albert, pour
la rassurer complètement, lui avait juré,
avec un mortelle pâleur sur le front, qu'elle
ne rencontrerait pas Zdenko, parce qu'il était
parti pour un long voyage. En effet, personne ne l'avait revu depuis cette époque, et
on pensait qu'il était mort dans quelque coin,
ou qu'il avait quitté le pays.

Consuelo n'avait cru ni à cette mort, ni à
ce départ. Elle connaissait trop l'attachement passionné de Zdenko pour regarder
comme possible une séparation absolue entre
lui et Albert. Quant à sa mort, elle n'y songeait point sans une profonde terreur qu'elle
n'osait s'avouer à elle-même, lorsqu'elle se
se souvenait du serment terrible que, dans
son exaltation, Albert avait fait de sacrifier
la vie de ce malheureux au repos de celle

qu'il aimait, si cela devenait nécessaire. Mais
elle chassait cet affreux soupçon, en se rappelant la douceur et l'humanité dont toute la
vie d'Albert rendait témoignage. En outre,
il avait joui d'une tranquillité parfaite depuis
plusieurs mois, et aucune démonstration apparente de la part de Zdenko n'avait rallumé
la fureur que le jeune comte avait manifestée
un instant. D'ailleurs il l'avait oublié, cet instant douloureux que Consuelo s'efforçait
d'oublier aussi. Il n'avait conservé des évè-
nements du souterrain que le souvenir de
ceux où il avait été en possession de sa raison. Consuelo s'était donc arrêtée à l'idée
qu'il avait interdit à Zdenko l'entrée et l'approche du château, et que par dépit ou par
douleur, le pauvre homme s'était condamné
à une captivité volontaire dans l'ermitage.
Elle présumait qu'il en sortait peut-être seulement la nuit pour prendre l'air ou pour

converser sur le Schreckenstein avec Albert,
qui sans doute veillait au moins à sa subsis-
tance, commo Zdenko avait si longtemps
veillé à la sienne. En voyant l'état de la cellule, Consuelo fut réduite à croire qu'il bou-
dait son maître en ne soignant plus sa ré-
traite délaissée ; et comme Albert lui avait
encore affirmé, en entrant dans la grotte,
qu'elle n'y trouverait aucun sujet de crainte,
elle prit le moment où elle le vit occupé à
ouvrir péniblement la porte rouillée de ce
qu'il appelait son église, pour aller de son
côté essayer d'ouvrir celle qui conduisait à
la cellule de Zdenko, où sans doute elle trouverait des traces récentes de sa présence.
La porte céda dès qu'elle eut tourné la clef ;
mais l'obscurité qui régnait dans cette cave
l'empêcha de rien distinguer. Elle attendit
qu'Albert fût passé dans l'oratoire mystérieux
qu'il voulait lui montrer et qu'il allait prépa-

rer pour la recevoir ; alors elle prit un flambeau, et revint avec précaution vers la chambre de Zdenko, non sans trembler un peu à
l'idée de l'y trouver en personne. Mais elle
n'y trouva pas même un souvenir de son existence. Le lit de feuilles et de peaux de mou-
ton avait été enlevé. Le siège grossier, les
outils de travail, les sandales de feutre, tout
avait disparu ; et on eût dit, à voir l'humidité qui faisait briller les parois éclairées par
la torche, que cette voûte n'avait jamais
abrité le sommeil d'un vivant.

Un sentiment de tristesse et d'épouvante
s'empara d'elle à cette découverte. Un sombre mystère enveloppait la destinée de ce
malheureux, et Consuelo se disait avec terreur qu'elle était peut-être la cause d'un
évènement déplorable. Il y avait deux hommes dans Albert : l'un sage, et l'autre fou ;
l'un débonnaire, charitable, et tendre ; l'au-

tre bizarre, farouche, peut-être violent et
impitoyable dans ses décisions. Cette sorte
d'identification étrange qu'il avait autrefois
rêvée entre lui et le fanatique sanguinaire
Jean Zyska, cet amour pour les souvenirs de
la Bohême hussite, cette passion muette et
patiente, mais absolue et profonde, qu'il
nourrissait pour Consuelo, tout ce qui vint
en cet instant à l'esprit de la jeune fille lui
sembla devoir confirmer les plus pénibles
soupçons. Immobile et glacée d'horreur, elle
osait à peine regarder le sol nu et froid de
la grotte, comme si elle eût craint d'y trouver des traces de sang.

Elle était encore plongée dans res réflexions sinistres, lorsqu'elle entendit Albert
accorder son violon; et bientôt le son admirable de l'instrument lui chanta le psaume
ancien qu'elle avait tant désiré d'écouter une
seconde fois. La musique en était si originale,

et Albert l'exprimait avec un sentiment si pur et si large, qu'elle oublia toutes ses angoisses pour approcher doucement du lieu où il se trouvait, attirée et comme charmée par une puissance magnétique.

4

La porte de *l'église* était restée ouverte ;
Consuelo s'arrêta sur le seuil pour examiner
et le virtuose inspiré et l'étrange sanctuaire.
Cette prétendue église n'était qu'une grotte
immense, taillée, ou, pour mieux dire, brisée
dans le roc, irrégulièrement, par les mains

de la nature, et creusée en grande partie par
le travail souterrain des eaux. Quelques torches éparses plantées sur des blocs gigantes-
ques éclairaient de reflets fantastiques les
flancs verdâtres du rocher, et tremblotaient
devant de sombres profondeurs, où na-
geaient les formes vagues des longues sta-
lactites, semblables à des spectres qui cher-
chent et fuient tour à tour la lumière. Les
énormes sédiments que l'eau avait déposés
autrefois sur les flancs de la caverne offraient
mille capricieux aspects. Tantôt ils se rou-
laient comme de monstrueux serpents qui
s'enlacent et se dévorent les uns les autres,
tantôt ils partaient du sol et descendaient de
la voûte en aiguilles formidables, dont la
rencontre les faisait ressembler à des dents
colossales hérissées à l'entrée des gueules
béantes que formaient les noirs enfoncements
du rocher. Ailleurs on eût dit d'informes sta-

tues, géantes représentations des dieux barbares de l'antiquité. Une végétation rocail-
leuse, de grands lichens rudes comme des
écailles de dragon, des festons de scolopen-
dre aux feuilles larges et pesantes, des mas-
sifs de jeunes cyprès plantés récemment dans
le milieu de l'enceinte sur des éminences de
terres rapportées qui ressemblaient à des
tombeaux, tout donnait à ce lieu un caractère sombre, grandiose, et terrible, qui
frappa vivement la jeune artiste. Au premier
sentiment d'effroi succéda bientôt l'admiration. Elle approcha, et vit Albert debout, au
bord de la source qui surgissait au centre de
la caverne. Cette eau, quoique abondante en
jaillissement, était encaissée dans un bassin
si profond, qu'aucun bouillonnement n'était
sensible à la surface. Elle était unie et immobile comme un bloc de sombre saphir, et les
belles plantes aquatiques dont Albert et

Zdenko avaient entouré ses marges n'étaient
pas agitées du moindre tressaillement. La
source était chaude à son point de départ, et
les tièdes exhalaisons qu'elle répandait dans
la caverne y entretenaient une atmosphère
douce et moite qui favorisait la végétation.
Elle sortait de son bassin par plusieurs rami-
fications, dont les unes se perdaient sous les
rochers avec un bruit sourd , et dont les autres se promenaient silencieusement en ruisseaux limpides dans l'intérieur de la grotte,
pour disparaître dans les enfoncements obs-
curs qui en reculaient indéfiniment les li-
mites.

Lorsque le comte Albert, qui jusque là n'a-
vait fait qu'essayer les cordes de son violon,
vit Consuelo s'avancer vers lui , il vint à sa
rencontre, et l'aida à franchir les méandres
que formait la source, et sur lesquels il avait
jeté quelques troncs d'arbres aux endroits

profonds. En d'autres endroits, des rochers
épars à fleur d'eau offraient un passage facile à des pas exercés. Il lui tendit la main
pour l'aider, et la souleva quelquefois dans
ses bras. Mais cette fois Consuelo eut peur,
non du torrent qui fuyait silencieux et sombre sous ses pieds, mais de ce guide mystérieux vers lequel une sympathie irrésistible
la portait, tandis qu'une répulsion indéfinissable l'en éloignait en même temps. Arrivée
au bord de la source, elle vit, sur une large
pierre qui la surplombait de quelques pieds,
un objet peu propre à la rassurer. C'était une
sorte de monument quadrangulaire, formé
d'ossements et de crânes humains, artiste-
ment agencés comme on en voit dans les ca-
tacombes.

— N'en soyez point émue, lui dit Albert,
qui la sentit tressaillir. Ces nobles restes sont
ceux des martyrs de ma religion, et ils for-

ment l'autel devant lequel j'aime à méditer
et à prier.

— Quelle est donc votre religion, Albert?
dit Consuelo avec une naïveté mélancolique.
Sont-ce là les ossements des Hussites ou des
Catholiques? Les uns et les autres ne furent-
ils pas victimes d'une fureur impie, et martyrs d'une foi également vive? Est-il vrai
que vous ayez choisi la croyance hussite, pré-
férablement à celle de vos parents, et que
les réformes postérieures à celles de Jean
Huss ne vous paraissent pas assez austères
ni assez énergiques? Parlez, Albert; que
dois-je croire de ce qu'on m'a dit de vous?

— Si l'on vous a dit que je préférais la
réforme des Hussites à celle des Luthériens,
et le grand Procope au vindicatif Calvin, autant que je préfère les exploits des Taborites
à ceux des soldats de Wallenstein, on vous a
dit la vérité, Consuelo. Mais que vous im-

porte ma croyance, à vous qui, par intuition,
pressentez la vérité, et connaissez la Divinité mieux que moi? A Dieu ne plaise que je
vous aie attirée dans ce lieu pour surcharger
votre âme pure et troubler votre paisible
conscience des méditations et des tourments
de ma rêverie! Restez comme vous êtes,
Consuelo! Vous êtes née pieuse et sainte ; de
plus, vous êtes née pauvre et obscure, et rien
n'a tenté d'altérer en vous la droiture de la
raison et la lumière de l'équité. Nous pou-
vons prier ensemble sans discuter, vous qui
savez tout sans avoir rien appris, et moi qui
sais fort peu après avoir beaucoup cherché.
Dans quelque temple que vous ayez à élever
la voix, la notion du vrai Dieu sera dans votre cœur, et le sentiment de la vraie foi em-
brasera votre âme. Ce n'est donc pas pour
vous instruire, mais pour que la révélation
passe de vous en moi, que j'ai désiré l'union

de nos voix et de nos esprits devant cet autel, construit avec les ossements de mes
pères.

— Je ne me trompais donc pas en pensant
que ces nobles restes, comme vous les appelez, sont ceux des Hussites précipités par la
fureur sanguinaire des guerres civiles dans
la citerne du Schreckenstein, à l'époque de
votre ancêtre Jean Zyska, qui en fit, dit-on,
d'horribles représailles. On m'a raconté
aussi qu'après avoir brûlé le village, il avait
fait combler le puits. Il me semble que je
vois, dans l'obscurité de cette voûte, au dessus de ma tête, un cercle de pierres taillées
qui annonce que nous sommes précisément
au dessous de l'endroit où plusieurs fois je
suis venue m'asseoir, après m'être fatiguée
à vous chercher en vain. Dites, comte
Albert, est-ce en effet le lieu que vous

avez, m'a-t-on dit, baptisé la Pierre d'Expiation?

— Oui, c'est ici, répondit Albert, que des
supplices et des violences atroces ont consacré l'asile de ma prière et le sanctuaire de
ma douleur. Vous voyez d'énormes blocs
suspendus au dessus de nos têtes, et d'autres
parsemés sur les bords de la source. La forte
main des Taborites les y lança, par l'ordre
de celui qu'on appelait *le redoutable aveugle ;*
mais ils ne servirent qu'à repousser les eaux
vers les lits souterrains qu'elles tendaient à
se frayer. La construction du puits fut rom-
pue, et j'en ai fait disparaître les ruines sous
les cyprès que j'y ai plantés ; il eût fallu
pouvoir engloutir ici toute une montagne
pour combler cette caverne. Les blocs qui
s'entassèrent dans le col de la citerne y furent
arrêtés par un escalier tournant, semblable
à celui que vous avez eu le courage de des-

cendre dans le puits de mon parterre, au
château des Géants. Depuis, le travail d'af-
faissement de la montagne les a serrés et con-
tenus chaque jour davantage. S'il s'en échappe
parfois quelque parcelle, c'est seulement
dans les fortes gelées des nuits d'hiver : vous
n'avez donc rien à craindre maintenant de la
chute de ces pierres.

— Ce n'est pas là ce qui me préoccupe,
Albert, reprit Consuelo en reportant ses regards sur l'autel lugubre où il avait posé son
stradivarius. Je me demande pourquoi vous
rendez un culte exclusif à la mémoire et à
la dépouille de ces victimes, comme s'il n'y
avait pas eu des martyrs dans l'autre parti,
et comme si les crimes des uns étaient plus
pardonnables que ceux des autres.

Consuelo parlait ainsi d'un ton sévère et
en regardant Albert avec méfiance. Le souvenir de Zdenko lui revenait à l'esprit, et

toutes ses questions avaient trait dans sa
pensée à une sorte d'interrogatoire de haute
justice criminelle qu'elle lui eût fait subir, si
elle l'eût osé.

L'émotion douloureuse qui s'empara tout
à coup du comte lui sembla être l'aveu d'un
remords. Il passa ses mains sur son front,
puis les pressa contre sa poitrine, comme s'il
l'eût sentie se déchirer. Son visage changea
d'une manière effrayante, et Consuelo craignit qu'il ne l'eût trop bien comprise.

— Vous ne savez pas le mal que vous me
faites! s'écria-t-il enfin en s'appuyant sur
l'ossuaire, et en courbant sa tête vers ces
crânes desséchés qui semblaient le regarder
du fond de leurs creux orbites. Non, vous ne
pouvez pas le savoir, Consuelo! et vos froides
réflexions réveillent en moi la mémoire des
jours funestes que j'ai traversés. Vous ne savez pas que vous parlez à un homme qui a

vécu des siècles de douleur, et qui, après
avoir été dans la main de Dieu l'instrument
aveugle de l'inflexible justice, a reçu sa récompense et subi son châtiment. J'ai tant
souffert, tant pleuré, tant expié ma destinée
farouche, tant réparé les horreurs où la fatalité m'avait entraîné, que je me flattais
enfin de les pouvoir oublier. Oublier! c'était
le besoin qui dévorait ma poitrine ardente!
c'était ma prière et mon vœu de tous les instants! c'était le signe de mon alliance avec
les hommes et de ma réconciliation avec Dieu,
que j'implorais ici depuis des années, prosterné sur ces cadavres! Et lorsque je vous
vis pour la première fois, Consuelo, je com-
mençai à espérer. Et lorsque vous avez eu
pitié de moi, j'ai commencé à croire que j'é-
tais sauvé. Tenez, voyez cette couronne de
fleurs flétries et déjà prêtes à tomber en poussière, dont j'ai entouré le crâne qui surmonte

l'autel. Vous ne les reconnaissez pas ; mais moi, je les ai arrosées de bien des larmes amères et délicieuses : c'est vous qui les aviez cueillies, c'est vous qui les aviez remises pour moi au compagnon de ma misère, à l'hôte fidèle de ma sépulture. Eh bien, en les couvrant de pleurs et de baisers, je me demandais avec anxiété si vous pourriez jamais avoir une affection véritable et profonde pour un criminel tel que moi, pour un fanatique sans pitié, pour un tyran sans entrailles...

— Mais quels sont donc ces crimes que vous avez commis ? dit Consuelo avec force, partagée entre mille sentiments divers, et enhardie par le profond abattement d'Albert. Si vous avez une confession à faire, faites-la ici, faites-la maintenant, devant moi, afin que je sache si je puis vous absoudre et vous aimer.

— M'absoudre, oui ! vous le pouvez; car celui que vous connaissez, Albert de Rudolstadt, a eu une vie aussi pure que celle d'un petit enfant. Mais celui que vous ne connaissez pas, Jean Zyska du Calice, a été entraîné par la colère du ciel dans une carrière d'iniquités !

Consuelo vit quelle imprudence elle avait commise en réveillant le feu qui couvait sous la cendre, et en ramenant par ses questions le triste Albert aux préoccupations de sa monomanie. Ce n'était plus le moment de les combattre par le raisonnement : elle s'efforça de le calmer par les moyens mêmes que sa démence lui indiquait.

— Il suffit, Albert, lui dit-elle. Si toute votre existence actuelle a été consacrée à la prière et au repentir, vous n'avez plus rien à expier, et Dieu pardonne à Jean Zyska.

— Dieu ne se révèle pas directement aux

humbles créatures qui le servent, répondit le
comte en secouant la tête. Il les abaisse ou
les encourage en se servant des unes pour le
salut ou pour le châtiment des autres. Nous
sommes tous les interprètes de sa volonté,
quand nous cherchons à réprimander ou à
consoler nos semblables dans un esprit de
charité. Vous n'avez pas le droit, jeune fille,
de prononcer sur moi les paroles de l'absolution. Le prêtre lui-même n'a pas cette
haute mission que l'orgueil ecclésiastique lui
attribue. Mais vous pouvez me communiquer la grâce divine en m'aimant. Votre
amour peut me réconcilier avec le ciel, et
me donner l'oubli des jours qu'on appelle
l'histoire des siècles passés... Vous me feriez
de la part du Tout-Puissant les plus sublimes promesses, que je ne pourrais vous
croire; je ne verrais en cela qu'un noble et
généreux fanatisme. Mettez la main sur votre

cœur, demandez-lui si ma pensée l'habite,
si mon amour le remplit, et s'il vous répond
oui, ce *oui* sera la formule sacramentelle de
mon absolution, le pacte de ma réhabilitation, le charme qui fera descendre en moi le
repos, le bonheur, l'*oubli*! C'est ainsi seulement que vous pourrez être la prêtresse de
mon culte, et que mon âme sera déliée dans
le ciel, comme celle du catholique croit l'être
par la bouche de son confesseur. Dites que
vous m'aimez! s'écria-t-il en se tournant
vers elle avec passion comme pour l'entourer
de ses bras. Mais elle recula, effrayée du serment qu'il lui demandait; et il retomba sur
les ossements en exhalant un gémissement
profond, et en s'écriant : Je savais bien qu'elle
ne pourrait pas m'aimer, que je ne serais jamais pardonné, que je n'*oublierais* jamais
les jours maudits où je ne l'ai pas connue!

— Albert, cher Albert, dit Consuelo pro-

fondément émue de la douleur qui le déchirait, écoutez-moi avec un peu de courage.
Vous me reprochez de vouloir vous leurrer
par l'idée d'un miracle, et cependant vous
m'en demandez un plus grand encore. Dieu,
qui voit tout, et qui apprécie nos mérites,
peut tout pardonner. Mais une créature faible et bornée, comme moi surtout, peut-elle
comprendre et accepter, par le seul effort de
sa pensée et de son dévouement, un amour
aussi étrange que le vôtre ? Il me semble que
c'est à vous de m'inspirer cette affection exclu-
sive que vons demandez, et qu'il ne dépend
pas de moi de vous donner, surtout lorsque
je vous connais encore si peu. Puisque nous
parlons ici cette langue mystique de la dévotion qui m'a été un peu enseignée dans mon
enfance, je vous dirai qu'il faut être en état
de grâce pour être relevé de ses fautes. Eh
bien ! l'espèce d'absolution que vous deman-

dez à mon amour, la méritez-vous ? Vous ré-
clamez le sentiment le plus pur, le plus tendre, le plus doux ; et il me semble que votre
âme n'est disposée ni à la douceur, ni à la
tendresse. Vous y nourrissez les plus sombres pensées, et comme d'éternels ressenti-
ments.

— Que voulez-vous dire, Consuelo? Je ne
vous entends pas.

— Je veux dire que vous êtes toujours en
proie à des rêves funestes, à des idées de
meurtre, à des visions sanguinaires. Vous
pleurez sur des crimes que vous croyez avoir
commis il y a plusieurs siècles, et dont vous
chérissez en même temps le souvenir; car
vous les appelez glorieux et sublimes, vous
les attribuez à la volonté du ciel, à la juste
colère de Dieu. Enfin, vous êtes effrayé et
orgueilleux à la fois de jouer dans votre imagination le rôle d'une espèce d'ange extermi-

nateur. En supposant que vous ayez été vraiment, dans le passé, un homme de vengeance
et de destruction, on dirait que vous avez
gardé l'instinct, la tentation, et presque le
goût de cette destinée affreuse, puisque vous
regardez toujours au delà de votre vie présente, et que vous pleurez sur vous comme
sur un criminel condamné à l'être encore.

— Non, grâce au Père tout-puissant des
âmes, qui les reprend et les retrempe dans
l'amour de son sein pour les rendre à l'activité de la vie ! s'écria Rudolstadt en levant
ses bras vers le ciel ; non, je n'ai conservé
aucun instinct de violence et de férocité.
C'est bien assez de savoir que j'ai été condamné à traverser, le glaive et la torche à
la main, ces temps barbares que nous appe-
lions, dans notre langage fanatique et hardi,
le temps du zèle et de la fureur. Mais vous ne
savez point l'histoire, sublime enfant ; vous

ne comprenez pas le passé ; et les destinées
des nations, où vous avez toujours eu sans
doute une mission de paix, un rôle d'ange
consolateur, sont devant vos yeux comme
des énigmes. Il faut que vous sachiez pourtant quelque chose de ces effrayantes vérités, et que vous ayez une idée de ce que la
justice de Dieu commande parfois aux hommes infortunés.

— Parlez donc, Albert ; expliquez-moi ce
que de vaines disputes sur les cérémonies de
la communion ont pu avoir de si important
et de si sacré de part ou d'autre, pour que
les nations se soient égorgées au nom de la
divine Eucharistie.

— Vous avez raison de l'appeler divine,
répondit Albert en s'asseyant auprès de Consuelo sur le bord de la source. Ce simulacre
de l'égalité, cette cérémonie instituée par
un être divin entre tous les hommes, pour

éterniser le principe de la fraternité, ne mérite pas moins de votre bouche, ô vous qui
êtes l'égale des plus grandes puissances et
des plus nobles créatures dont puisse s'enor-
gueillir la race humaine ! Et cependant il est
encore des êtres vaniteux et insensés qui
vous regarderont comme d'une race infé-
rieure à la leur, et qui croiront votre sang
moins précieux que celui des rois et des princes de la terre. Que penseriez-vous de moi,
Consuelo, si, parce que je suis issu de ces
rois et de ces princes, je m'élevais dans ma
pensée au dessus de vous?

. — Je vous pardonnerais un préjugé que
toute votre caste regarde comme sacré, et
contre lequel je n'ai jamais songé à me ré-
volter, heureuse que je suis d'être née libre
et pareille aux petits, que j'aime plus que les
grands.

— Vous me le pardonneriez, Consuelo;

mais vous ne m'estimeriez guère; et vous ne
seriez point ici, seule avec moi, tranquille
auprès d'un homme qui vous adore, et certaine qu'il vous respectera autant que si vous
étiez proclamée, par droit de naissance, im-
pératrice de la Germanie. Oh! laissez-moi
croire que, sans cette connaissance de mon
caractère et de mes principes, vous n'auriez
pas eu pour moi cette céleste pitié qui vous a
amenée ici la première fois. Eh bien! ma
sœur chérie, reconnaissez donc dans votre
cœur, auquel je m'adresse (sans vouloir fati-
guer votre esprit de raisonnements philoso-
phiques), que l'égalité est sainte, que c'est la
volonté du père des hommes, et que le devoir
des hommes est de chercher à l'établir entre
eux. Lorsque les peuples étaient fortement
attachés aux cérémonies de leur culte, la
communion représentait pour eux toute l'é-
galité dont les lois sociales leur permettaient

de jouir. Les pauvres et les faibles y trou-
vaient une consolation et une promesse reli-
gieuse, qui leur faisait supporter leurs mauvais jours, et espérer, dans l'avenir du
monde, des jours meilleurs pour leurs descen-
dants. La nation bohême avait toujours voulu
observer les mêmes rites eucharistiques que
les apôtres avaient enseignés et pratiqués.
C'était bien la communion antique et fraternelle, le banquet de l'égalité, la représenta-
tion du règne de Dieu, c'est-à-dire de la vie
de communauté, qui devait se réaliser sur
la face de la terre. Un jour, l'Église romaine,
qui avait rangé les peuples et les rois sous sa
loi despotique et ambitieuse, voulut séparer
le chrétien du prêtre, la nation du sacerdoce,
le peuple du clergé. Elle mit le calice dans
les mains de ses ministres, afin qu'ils pussent
cacher la Divinité dans des tabernacles mystérieux ; et, par des interprétations absurdes,

ces prêtres érigèrent l'Eucharistie en un
culte idolâtrique, auquel les citoyens n'eu-
rent droit de participer que selon leur bon
plaisir. Ils prirent les clefs des consciences
dans le secret de la confession ; et la coupe
sainte, la coupe glorieuse où l'indigent allait
désaltérer et retremper son âme, fut enfer-
mée dans des coffres de cèdre et d'or, d'où
elle ne sortait plus que pour approcher des
lèvres du prêtre. Lui seul était digne de
boire le sang et les larmes du Christ. L'hum-
ble croyant devait s'agenouiller devant lui,
et lécher sa main pour manger le pain des
anges ! Comprenez-vous maintenant pourquoi le peuple s'écria tout d'une voix : *La
coupe ! rendez-nous la coupe !* La coupe aux
petits, la coupe aux enfants, aux femmes,
aux pécheurs et aux aliénés ! la coupe à tous
les pauvres, à tous les infirmes de corps et
d'esprit ; tel fut le cri de révolte et de rallie-

ment de toute la Bohême. Vous savez le reste, Consuelo ; vous savez qu'à cette idée première, qui résumait dans un symbole religieux toute la joie, tous les nobles besoins d'un peuple fier et généreux, vinrent se rattacher, par suite de la persécution, et au sein d'une lutte terrible contre les nations environnantes, toutes les idées de liberté patriotique et d'honneur national. La conquête de la coupe entraîna les plus nobles conquêtes, et créa une société nouvelle. Et maintenant si l'histoire, interprétée par des juges ignorants ou sceptiques, vous dit que la fureur du sang et la soif de l'or allumèrent seules ces guerres funestes, soyez sûre que c'est un mensonge fait à Dieu et aux hommes. Il est bien vrai que les haines et les ambitions particulières vinrent souiller les exploits de nos pères ; mais c'était le vieil esprit de domination et d'avidité qui rongeait

toujours les riches et les nobles. Eux seuls
compromirent et trahirent dix fois la cause
sainte. Le peuple, barbare mais sincère, fanatique mais inspiré, s'incarna dans des sec-
tes dont les noms poétiques vous sont con-
nus. Les Taborites, les Orébites, les Orphelins,
les Frères de l'union, c'était là le peuple
martyr de sa croyance, réfugié sur les montagnes, observant dans sa rigueur la loi de
partage et d'égalité absolue, ayant foi à la
vie éternelle de l'âme dans les habitants du
monde terrestre, attendant la venue et le
festin de Jésus–Christ, la résurrection de
Jean Huss, de Jean Zyska, de Procope Rase,
et de tous ces chefs invincibles qui avaient
prêché et servi la liberté. Cette croyance
n'est point une fiction, selon moi, Consuelo.
Notre rôle sur la terre n'est pas si court qu'on
le suppose communément, et nos devoirs
s'étendent au delà de la tombe. Quant à l'at-

tachement étroit et puéril qu'il plaît au chapelain, et peut-être à mes bons et faibles
parents, de m'attribuer pour les pratique set
les formules du culte hussitique, s'il est vrai
que, dans mes jours d'agitation et de fièvre,
j'aie paru confondre le symbole avec le principe, la figure avec l'idée, ne me méprisez
pas trop, Consuelo. Au fond de ma pensée je
n'ai jamais voulu faire revivre en moi ces
rites oubliés, qui n'auraient plus de sens aujourd'hui. Ce sont d'autres figures et d'autres symboles qui conviendraient aujourd'hui
à des hommes plus éclairés, s'ils consentaient
à ouvrir les yeux, et si le joug de l'esclavage permettait aux peuples de chercher la
religion de la liberté. On a durement et faus-
sement interprété mes sympathies, mes
goûts et mes habitudes. Las de voir la sté-
rilité et la vanité de l'intelligence des hommes de ce siècle, j'ai eu besoin de retremper

mon cœur compatissant dans le commerce
des esprits simples ou malheureux. Ces fous,
ces vagabonds, tous ces enfants déshérités
des biens de la terre et de l'affection de leurs
semblables, j'ai pris plaisir à converser avec
eux ; à retrouver, dans les innocentes diva-
gations de ceux qu'on appelle insensés, les
lueurs fugitives, mais souvent éclatantes, de
la logique divine; dans les aveux de ceux
qu'on appelle coupables et réprouvés, les
traces profondes, quoique souillées, de la
justice et de l'innocence, sous la forme de
remords et de regrets. En me voyant agir
ainsi, m'asseoir à la table de l'ignorant et au
chevet du bandit, on en a conclu charitable-
ment que je me livrais à des pratiques d'hé-
résie, et même de sorcellerie. Que puis-je
répondre à de telles accusations? Et quand
mon esprit, frappé de lectures et de méditations sur l'histoire de mon pays, s'est trahi

par des paroles qui ressemblaient au délire, et qui en étaient peut-être, on a eu peur de moi, comme d'un frénétique inspiré par le diable... Le diable! savez-vous ce que c'est, Consuelo, et dois-je vous expliquer cette mystérieuse allégorie, créée par les prêtres de toutes les religions?

— Oui, mon ami, dit Consuelo, qui, rassurée et presque persuadée, avait oublié sa main dans celles d'Albert. Expliquez-moi ce que c'est que Satan. A vous dire vrai, quoique j'aie toujours cru en Dieu, et que je ne me sois jamais révoltée ouvertement contre ce qu'on m'en a appris, je n'ai jamais pu croire au diable. S'il existait, Dieu l'enchaînerait si loin de lui et de nous, que nous ne pourrions pas le savoir.

— S'il existait, il ne pourrait être qu'une création monstrueuse de ce Dieu, que les sophistes les plus impies ont mieux aimé nier que de ne pas le reconnaître pour le type et l'idéal de toute perfection , de toute science, et de tout amour. Comment la perfection aurait-elle pu enfanter le mal; là science, le mensonge ; l'amour, la haine et la perversité ? C'est une fable qu'il faut renvoyer à l'enfance du genre humain, alors que les fléaux et les tourmentes du monde physique faisaient penser aux craintifs enfants de la terre qu'il y avait deux dieux, deux esprits créateurs et souverains, l'un source de tous les biens, l'autre de tous les maux ; deux principes presque égaux, puisque le règne d'Éblis devait durer des siècles innombrables, et ne céder qu'après de formidables combats dans les sphères de l'empyrée. Mais pourquoi, après la prédication de Jésus et la lumière pure de l'Évangile, les prêtres osèrent-ils ressusciter et sanctionner dans l'esprit des peuples cette croyance grossière de

leurs antiques aïeux ? C'est que, soit insuffi-
sance, soit mauvaise interprétation de la
doctrine apostolique, la notion du bien et du
mal était restée obscure et inachevée dans
l'esprit des hommes. On avait admis et consacré le principe de division absolue dans
les droits et dans les destinées de l'esprit et
de la chair, dans les attributions du spirituel
et du temporel. L'ascétisme chrétien exaltait
l'âme, et flétrissait le corps. Peu à peu, le
fanatisme ayant poussé à l'excès cette ré-
probation de la vie matérielle, et la société
ayant gardé, malgré la doctrine de Jésus, le
régime antique des castes, une petite portion des hommes continua de vivre et de ré-
gner par l'intelligence, tandis que le grand
nombre végéta dans les ténèbres de la superstition. Il arriva alors en réalité que les castes éclairées et puissantes, le clergé surtout,
furent l'âme de la société, et que le peuple

n'en fut que le corps. Quel était donc, dans
ce sens, le vrai patron des êtres intelligents?
Dieu; et celui des ignorants? le diable; car
Dieu donnait la vie de l'âme, et proscrivait
la vie des sens, vers laquelle Satan attirait
toujours les hommes faibles et grossiers. Une
secte mystérieuse et singulière rêva, entre
beaucoup d'autres, de réhabiliter la vie de
la chair, et de réunir dans un seul principe
divin ces deux principes arbitrairement divisés. Elle voulut sanctionner l'amour, l'égalité, la communauté de tous, les éléments de
bonheur. C'était une idée juste et sainte.
Quels en furent les abus et les excès, il n'importe. Elle chercha donc à relever de son abjection le prétendu principe du mal, et à le
rendre, au contraire, serviteur et agent du
bien. Satan fut absous et réintégré par ces
philosophes dans le chœur des esprits célestes; et par de poétiques interprétations, ils

affectèrent de regarder Michel et les archanges de sa milice comme des oppresseurs et des usurpateurs de gloire et de puissance. C'était bien vraiment la figure des pontifes et des princes de l'Église, de ceux qui avaient refoulé dans les fictions de l'enfer la religion de l'égalité et le principe du bonheur pour la famille humaine. Le sombre et triste Lucifer sortit donc des abîmes où il rugissait enchaîné, comme le divin Prométhée, depuis tant de siècles. Ses libérateurs n'osèrent l'invoquer hautement; mais dans des formules mystérieuses et profondes, ils exprimèrent l'idée de son apothéose et de son règne futur sur l'humanité, trop longtemps détrônée, avilie et calomniée comme lui. Mais sans doute je vous fatigue avec ces explications. Pardonnez-les-moi, chère Consuelo. On m'a représenté à vous comme l'antéchrist et l'adorateur du démon; je voulais me justifier,

et me montrer à vous un peu moins superstitieux que ceux qui m'accusent.

— Vous ne fatiguez nullement mon attention, dit Consuelo avec un doux sourire, et je
suis fort satisfaite d'apprendre que je n'ai
point fait un pacte avec l'ennemi du genre
humain en me servant, une certaine nuit,
de la formule des Lollards.

— Je vous trouve bien savante sur ce
point, reprit Albert. Et il continua de lui expliquer le sens élevé de ces grandes vérités
dites hérétiques, que les sophistes du Catho-
licisme ont ensevelies sous les accusations et
les arrêts de leur mauvaise foi. Il s'anima
peu à peu en révélant les études, les con-
templations et les rêveries austères qui l'a-
vaient lui-même conduit à l'ascétisme et à la
superstition, dans des temps qu'il croyait
plus éloignés qu'ils ne l'étaient en effet. En
s'efforçant de rendre cette confession claire

et naïve, il arriva à une lucidité d'esprit extraordinaire, parla de lui-même avec autant
de sincérité et de jugement que s'il se fût agi
d'un autre, et condamna les misères et les
défaillances de sa propre raison comme s'il
eût été depuis longtemps guéri de ces dan-
gereuses atteintes. Il parlait avec tant de sagesse, qu'à part la notion du temps, qui semblait inappréciable pour lui dans le détail de
sa vie présente (puisqu'il en vint à se blâmer
de s'être cru autrefois Jean Zyska, Wratislaw
Podiebrad, et plusieurs autres personnages
du passé, sans se rappeler qu'une demi-
heure auparavant il était retombé dans cette
aberration), il était impossible à Consuelo de
ne pas reconnaître en lui un homme supérieur, éclairé de connaissances plus étendues
et d'idées plus généreuses, et plus justes par
conséquent, qu'aucun de ceux qu'elle avait
rencontrés.

Peu à peu l'attention et l'intérêt avec lesquels elle l'écoutait, la vive intelligence qui
brillait dans les grands yeux de cette jeune
fille, prompte à comprendre, patiente à suivre toute étude, et puissante pour s'assimiler
tout élément de connaissance élevée, animè-
rent Rudolsladt d'une conviction toujours
plus profonde, et son éloquence devint sai-
sissante. Consuelo, après quelques questions
et quelques objections auxquelles il sut répondre heureusement, ne songea plus tant
à satisfaire sa curiosité naturelle pour les
idées, qu'à jouir de l'espèce d'enivrement
d'admiration que lui causait Albert. Elle oublia tout ce qui l'avait émue dans la journée,
et Anzoleto, et Zdenko, et les ossements
qu'elle avait devant les yeux. Une sorte de
fascination s'empara d'elle ; et le lieu pitto-
resque où elle se trouvait, avec ses cyprès,
ses rochers terribles, et son autel lugubre,

lui parut, à la lueur mouvante des torches, une sorte d'Élysée magique où se promenaient d'augustes et solennelles apparitions. Elle tomba, quoique bien éveillée, dans une espèce de somnolence de ces facultés d'examen qu'elle avait tenues un peu trop tendues pour son organisation poétique. N'entendant plus ce que lui disait Albert, mais plongée dans une extase délicieuse, elle s'attendrit à l'idée de ce Satan qu'il lui avait montré comme une grande idée méconnue, et que son imagination d'artiste reconstruisait comme une belle figure pâle et douloureuse, sœur de celle du Christ, et doucement penchée vers elle la fille du peuple et l'enfant proscrit de la famille universelle. Tout à coup elle s'aperçut qu'Albert ne lui parlait plus, qu'il ne tenait plus sa main, qu'il n'était plus assis à ses côtés, mais qu'il était debout à deux pas d'elle, auprès de l'ossuaire, et qu'il jouait sur son violon l'étrange musique dont elle avait été déjà surprise et charmée.

5

Albert fit chanter d'abord à son instrument plusieurs de ces cantiques anciens dont les auteurs sont ou inconnus chez nous, ou peut-être oubliés désormais en Bohême, mais dont Zdenko avait gardé la précieuse tradition, et dont le comte avait retrouvé la lettre à

force d'études et de méditation. Il s'était
tellement nourri l'esprit de ces compositions,
barbares au premier abord, mais profondément touchantes et vraiment belles
pour un goût sérieux et éclairé, qu'il se
les était assimilées au point de pouvoir
improviser longtemps sur l'idée de ces mo-
tifs, y mêler ses propres idées, reprendre et
développer le sentiment primitif de la composition, et s'abandonner à son inspiration
personnelle, sans que le caractère original,
austère et frappant, de ces chants antiques
fût altéré par son interprétation ingénieuse
et savante. Consuelo s'était promis d'écouter
et de retenir ces précieux échantillons de
l'ardent génie populaire de la vieille Bohême.
Mais tout esprit d'examen lui devint bientôt
impossible, tant à cause de la disposition rêveuse où elle se trouvait, qu'à cause du va-

gue répandu dans cette musique étrangère
à son oreille.

Il y a une musique qu'on pourrait appeler
naturelle, parce qu'elle n'est point le produit
de la science et de la réflexion, mais celui
d'une inspiration qui échappe à la rigueur
des règles et des conventions. C'est la musique populaire : c'est celle des paysans par-
ticulièrement. Que de belles poésies naissent,
vivent, et meurent chez eux, sans avoir jamais eu les honneurs d'une notation correcte,
et sans avoir daigné se renfermer dans la
version absolue d'un thème arrêté ! L'artiste
inconnu qui improvise sa rustique ballade en
gardant ses troupeaux, ou en poussant le soc
de sa charrue (et il en est encore, même dans
les contrées qui paraissent les moins poétiques), s'astreindra difficilement à retenir et à
fixer ses fugitives idées. Il communique cette
ballade aux autres musiciens, enfants comme

lui de la nature, et ceux-ci la colportent de
hameau en hameau, de chaumière en chaumière, chacun la modifiant au gré de son
génie individuel. C'est pour cela que ces
chansons et ces romances pastorales, si pi-
quantes de naïveté ou si profondes de sentiment, se perdent pour la plupart, et n'ont
guère jamais plus d'un siècle d'existence
dans la mémoire des paysans. Les musiciens
formés aux règles de l'art ne s'occupent point
assez de les recueillir. La plupart les dédai-
gnent, faute d'une intelligence assez pure et
d'un sentiment assez élevé pour les comprendre; d'autres se rebutent de la difficulté
qu'ils rencontrent aussitôt qu'ils veulent trouver cette véritable et primitive version, qui
n'existe déjà peut-être plus pour l'auteur
lui-même, et qui certainement n'a jamais
été reconnue comme un type déterminé et
invariable par ses nombreux interprètes.

Les uns l'ont altérée par ignorance ; les autres l'ont développée, ornée, ou embellie par
l'effet de leur supériorité, parce que l'ensei-
gnement de l'art ne leur a point appris à en
refouler les instincts. Ils ne savent point eux-
mêmes qu'ils ont transformé l'œuvre primitive, et leurs naïfs auditeurs ne s'en aper-
çoivent pas davantage. Le paysan n'exa-
mine ni ne compare. Quand le ciel l'a fait
musicien, il chante à la manière des oiseaux,
du rossignol surtout dont l'improvisation est
continuelle, quoique les éléments de son
chant varié à l'infini soient toujours les mêmes. D'ailleurs le génie du peuple est d'une
fécondité sans limite (1). Il n'a pas besoin

(1) Si vous écoutez attentivement les joueurs de cornemuse qui font le métier de ménétriers dans nos cam-
pagnes du centre de la France, vous verrez qu'ils ne savent
pas moins de deux ou trois cents compositions du même
genre et du même caractère, mais qui ne sont jamais

d'enregistrer ses productions ; il produit sans
se reposer, comme la terre qu'il cultive ;
il crée à toute heure, comme la nature qui
l'inspire.

empruntées les unes aux autres ; et vous vous assurerez
qu'en moins de trois ans, ce répertoire immense est en-
tièrement renouvelé. J'ai eu dernièrement avec un de ces
ménestrels ambulants la conversation suivante. — Vous
avez appris un peu de musique ? — Certainement j'ai
appris à jouer de la cornemuse à gros bourdon, et de la
musette à clefs. — Où avez-vous pris des leçons ? — En
Bourbonnais, dans les bois. — Quel était votre maître ?
— Un homme des bois. — Vous connaissez donc les notes ? — Je crois bien ! — En quel ton jouez-vous là ? —
En quel ton ? Qu'est-ce que cela veut dire ? — N'est-ce
pas en *ré* que vous jouez ? — Je ne connais pas le *ré*. —
Comment donc s'appellent vos notes ? — Elles s'appellent
des notes ; elles n'ont pas de noms particuliers. — Comment retenez-vous tant d'airs différents ? — On écoute !
— Qui est-ce qui compose tous ces airs ? — Beaucoup
de personnes, des fameux musiciens dans les bois. —
Ils en font donc beaucoup ? — Ils en font toujours ; ils

Consuelo avait dans le cœur tout ce qu'il faut y avoir de candeur, de poésie et de sensibilité, pour comprendre la musique popu-

ne s'arrêtent jamais. — Ils ne font rien autre chose? — Ils coupent le bois. — Ils sont bûcherons? — Presque tous bûcherons. On dit chez nous que la musique pousse dans les bois. C'est toujours là qu'on la trouve. — Et c'est là que vous allez la chercher? — Tous les ans. Les petits musiciens n'y vont pas. Ils écoutent ce qui vient par les chemins, et ils le redisent comme ils peuvent. Mais pour prendre l'*accent* véritable, il faut aller écouter les bûcherons du Bourbonnais. — Et comment cela leur vient-il? — En se promenant dans les bois, en rentrant le soir à la maison, en se reposant le dimanche. — Et vous, composez-vous? — Un peu, mais guère, et ça ne vaut pas grand'chose. Il faut être né dans les bois, et je suis de la plaine. Il n'y a personne qui me vaille pour l'*accent*; mais pour inventer, nous n'y entendons rien, et nous faisons mieux de ne pas nous en mêler.

Je voulus lui faire dire ce qu'il entendait par l'*accent*. Il n'en put venir à bout, peut-être parce qu'il le comprenait trop bien et me jugeait indigne de le comprendre.

laire et pour l'aimer passionnément. En cela
elle était grande artiste, et les théories sa-
vantes qu'elle avait approfondies n'avaient

Il était jeune, sérieux, noir comme un pifferaro de la
Calabre, allait de fête en fête, jouant tout le jour, et ne
dormant pas depuis trois nuits, parce qu'il lui fallait
faire six ou huit lieues avant le lever du soleil pour se
transporter d'un village à l'autre. Il ne s'en portait que
mieux, buvait des brocs de vin à étourdir un bœuf, et
ne se plaignait pas, comme le sonneur de trompe de
Walter Scott, d'avoir *perdu son vent.* Plus il buvait, plus
il était grave et fier. Il jouait fort bien, et avait grande-
ment raison d'être vain de son accent. Nous observâmes
que son jeu était une modification perpétuelle de chaque
thème. Il fut impossible d'écrire un seul de ces thèmes
sans prendre note pour chacun d'une cinquantaine de
versions différentes. C'était là son mérite probablement
et son art. Ses réponses à mes questions m'ont fait retrouver, je crois, l'étymologie du nom de *bourrée* qu'on
donne aux danses de ce pays. *Bourrée* est le synonyme
de fagot, et les bûcherons du Bourbonnais ont donné ce
nom à leurs compositions musicales, comme maître
Adam donna celui de *chevilles* à ses poésies.

rien ôté à son génie de cette fraîcheur et de
cette suavité qui est le trésor de l'inspiration
et la jeunesse de l'âme. Elle avait dit quelquefois à Anzoleto, en cachette du Porpora,
qu'elle aimait mieux certaines barcarolles
des pêcheurs de l'Adriatique, que toute la
science de *Padre Martini* et de *Maëstro Du-
rante.* Les boleros et les cantiques de sa
mère étaient pour elle une source de vie
poétique, où elle ne se lassait pas de puiser
tout au fond de ses souvenirs chéris. Quelle
impression devait donc produire sur elle le
génie musical de la Bohême, l'inspiration de
ce peuple pasteur, guerrier, fanatique, grave
et doux au milieu des plus puissants éléments
de force et d'activité! C'étaient là des caractères frappants et tout à fait neufs pour elle.
Albert disait cette musique avec une rare
intelligence de l'esprit national et du sentiment énergique et pieux qui l'avait fait

naître. Il y joignait, en improvisant, la profonde mélancolie et le regret déchirant que
l'esclavage avait imprimé à son caractère
personnel et à celui de son peuple ; et ce mélange de tristesse et de bravoure, d'exaltation et d'abattement, ces hymnes de reconnaissance unis à des cris de détresse, étaient
l'expression la plus complète et la plus profonde et de la pauvre Bohême, et du pauvre
Albert.

On a dit avec raison que le but de la musique, c'était l'émotion. Aucun autre art ne
réveillera d'une manière aussi sublime le
sentiment humain dans les entrailles de
l'homme ; aucun autre art ne peindra, aux
yeux de l'âme, et les splendeurs de la nature,
et les délices de la contemplation, et le caractère des peuples, et le tumulte de leurs
passions, et les langueurs de leurs souffrances. Le regret, l'espoir, la terreur, le recueil-

lement, la consternation, l'enthousiasme, la
foi, le doute, la gloire, le calme, tout cela et
plus encore, la musique nous le donne et nous
le reprend, au gré de son génie et selon toute
la portée du nôtre. Elle crée même l'aspect des
choses, et, sans tomber dans les puérilités des
effets de sonorité, ni dans l'étroite imitation
des bruits réels, elle nous fait voir, à travers un
voile vaporeux qui les agrandit et les divi-
nise, les objets extérieurs où elle transporte
notre imagination. Certains cantiques feront
apparaître devant nous les fantômes gigan-
tesques des antiques cathédrales, en même
temps qu'ils nous feront pénétrer dans la
pensée des peuples qui les ont bâties et qui
s'y sont prosternés pour chanter leurs hymnes religieux. Pour qui saurait exprimer puis-
samment et naïvement la musique des peuples divers, et pour qui saurait l'écouter
comme il convient, il ne serait pas nécessaire

de faire le tour du monde, de voir les différentes nations, d'entrer dans leurs monu-
ments, de lire leurs livres, et de parcourir
leurs steppes, leurs montagnes, leurs jardins, ou leurs déserts. Un chant juif bien
rendu nous fait pénétrer dans la synagogue;
toute l'Écosse est dans un véritable air écos-
sais, comme toute l'Espagne est dans un véritable air espagnol. J'ai été souvent ainsi
en Pologne, en Allemagne, à Naples, en Ir-
lande, dans l'Inde, et je connais mieux ces
hommes et ces contrées que si je les avais
examinés durant des années. Il ne fallait
qu'un instant pour m'y transporter et m'y
faire vivre de toute la vie qui les anime.
C'était l'essence de cette vie que je m'assi-
milais sous le prestige de la musique.

Peu à peu Consuelo cessa d'écouter et
même d'entendre le violon d'Albert. Toute
son âme était attentive; et ses sens, fermés

aux perceptions directes, s'éveillaient dans un autre monde, pour guider son esprit à travers des espaces inconnus habités par de nouveaux êtres. Elle voyait, dans un chaos étrange, à la fois horrible et magnifique, s'agiter les spectres des vieux héros de la Bohême ; elle entendait le glas funèbre de la cloche des couvents, tandis que les redou-tables Taborites descendaient du sommet de leurs monts fortifiés, maigres, demi-nus, san-glants et farouches. Puis elle voyait les anges de la mort se rassembler sur les nuages, le calice et le glaive à la main. Suspendus en troupe serrée sur la tête des pontifes préva-ricateurs, elle les voyait verser sur la terre maudite la coupe de la colère divine. Elle croyait entendre le choc de leurs ailes pe-santes, et le sang du Christ tomber en larges gouttes derrière eux pour éteindre l'embra-sement allumé par leur fureur. Tantôt c'é-

tait une nuit d'épouvante et de ténèbres, où
elle entendait gémir et râler les cadavres
abandonnés sur les champs de bataille. Tantôt c'était un jour ardent dont elle osait soutenir l'éclat, et où elle voyait passer comme
la foudre le redoutable aveugle sur son char,
avec son casque rond, sa cuirasse rouillée,
et le bandeau ensanglanté qui lui couvrait les
yeux. Les temples s'ouvraient d'eux-mêmes
à son approche ; les moines fuyaient dans le
sein de la terre, emportant et cachant leurs
reliques et leurs trésors dans les pans de leurs
robes. Alors les vainqueurs apportaient des
vieillards exténués, mendiants, couverts de
plaies comme Lazare ; des fous accouraient
en chantant et en riant comme Zdenko ; les
bourreaux souillés d'un sang livide, les petits
enfants aux mains pures, aux fronts angé-
liques, les femmes guerrières portant des
faisceaux de piques et des torches de résine,

tous s'asseyaient autour d'une table; et un ange, radieux et beau comme ceux qu'Albert Durer a placés dans ses compositions apocalyptiques, venait offrir à leurs lèvres avides la coupe de bois, le calice du pardon, de la réhabilitation, et de la sainte égalité.

Cet ange reparaissait dans toutes les visions qui passèrent en cet instant devant les yeux de Consuelo. En le regardant bien, elle reconnut Satan, le plus beau des immortels après Dieu, le plus triste après Jésus, le plus fier parmi les plus fiers. Il traînait après lui les chaînes qu'il avait brisées; et ses ailes fauves, dépouillées et pendantes, portaient les traces de la violence et de la captivité. Il souriait douloureusement aux hommes souillés de crimes, et pressait les petits enfants sur son sein.

Tout à coup il sembla à Consuelo que le violon d'Albert parlait, et qu'il disait par la

bouche de Satan : « Non, le Christ mon frère
ne vous a pas aimés plus que je ne vous
aime. Il est temps que vous me connaissiez,
et qu'au lieu de m'appeler l'ennemi du genre
humain, vous retrouviez en moi l'ami qui
vous a soutenu dans la lutte. Je ne suis pas
le démon, je suis l'archange de la révolte
légitime et le patron des grandes luttes.
Comme le Christ, je suis le Dieu du pauvre,
du faible et de l'opprimé. Quand il vous pro-
mettait le règne de Dieu sur la terre, quand
il vous annonçait son retour parmi vous, il
voulait dire qu'après avoir subi la persécution, vous seriez récompensés, en conqué-
rant avec lui et avec moi la liberté et le bonheur. C'est ensemble que nous devions revenir, et c'est ensemble que nous revenons,
tellement unis l'un à l'autre que nous ne faisons plus qu'un. C'est lui, le divin principe,
le Dieu de l'esprit, qui est descendu dans les

ténèbres où l'ignorance m'avait jeté, et où
je subissais, dans les flammes du désir et de
l'indignation, les mêmes tourments que lui
ont fait endurer sur sa croix les scribes et
les pharisiens de tous les temps. Me voici
pour jamais avec vos enfants ; car il a rompu
mes chaînes, il a éteint mon bûcher, il m'a
réconcilié avec Dieu et avec vous. Et désormais la ruse et la peur ne seront plus la loi
et le partage du faible, mais la fierté et la
volonté. C'est lui, Jésus, qui est le miséricor-
dieux, le doux, le tendre, et le juste : moi, je
suis le juste aussi ; mais je suis le fort, le bel-
liqueux, le sévère, et le persévérant. O peuple ! ne reconnais-tu pas celui qui t'a parlé
dans le secret de ton cœur, depuis que tu
existes, et qui, dans toutes tes détresses, t'a
soulagé en te disant : Cherche le bonheur,
n'y renonce pas ! Le bonheur t'est dû, exige-le,
et tu l'auras ! Ne vois-tu pas sur mon front

toutes tes souffrances, et sur mes membres
meurtris la cicatrice des fers que tu as por-
tés? Bois le calice que je t'apporte : tu y
trouveras mes larmes mêlées à celles du
Christ et aux tiennes ; tu les sentiras aussi
brûlantes, et tu les boiras aussi salutaires! »

Cette hallucination remplit de douleur et
de pitié le cœur de Consuelo. Elle croyait
voir et entendre l'ange déchu pleurer et gémir auprès d'elle. Elle le voyait grand, pâle,
et beau, avec ses longs cheveux en désordre
sur son front foudroyé, mais toujours fier et
levé vers le ciel. Elle l'admirait en frissonnant
encore par habitude de le craindre, et pourtant elle l'aimait de cet amour fraternel et
pieux qu'inspire la vue des puissantes infor-
tunes. Il lui semblait qu'au milieu de la communion des frères bohêmes, c'était à elle
qu'il s'adressait ; qu'il lui reprochait doucement sa méfiance et sa peur, et qu'il l'atti-

rait vers lui par un regard magnétique auquel il lui était impossible de résister. Fascinée, hors d'elle-même, elle se leva, et s'élança vers lui les bras ouverts, en fléchissant les genoux. Albert laissa échapper son violon, qui rendit un son plaintif en tombant, et reçut la jeune fille dans ses bras en poussant un cri de surprise et de transport. C'était lui que Consuelo écoutait et regardait, en rêvant à l'ange rebelle ; c'était sa figure, en tout semblable à l'image qu'elle s'en était formée, qui l'avait attirée et subjuguée ; c'était contre son cœur qu'elle venait appuyer le sien, en disant d'une voix étouffée : « A toi ! à toi ! ange de douleur ; à toi et à Dieu pour toujours ! »

Mais à peine les lèvres tremblantes d'Albert eurent-elles effleuré les siennes, qu'elle sentit un froid mortel et de cuisantes douleurs glacer et embraser tour à tour sa poi-

trine et son cerveau. Enlevée brusquement
à son illusion, elle éprouva un choc si violent
dans tout son être qu'elle se crut près de
mourir ; et, s'arrachant des bras du comte,
elle alla tomber contre les ossements de l'autel, dont une partie s'écroula sur elle avec
un bruit affreux. En se voyant couverte de
ces débris humains, et en regardant Albert
qu'elle venait de presser dans ses bras et de
rendre en quelque sorte maître de son âme et
de sa liberté dans un moment d'exaltation
insensée, elle éprouva une terreur et une
angoisse si horribles, qu'elle cacha son visage dans ses cheveux épars en criant avec
des sanglots : — Hors d'ici ! loin d'ici ! Au
nom du ciel, de l'air, du jour ! O mon Dieu !
tirez-moi de ce sépulcre, et rendez-moi à la
lumière du soleil !

Albert, la voyant pâlir et délirer, s'élança
vers elle, et voulut la prendre dans ses bras

pour la porter hors du souterrain. Mais, dans son épouvante, elle ne le comprit pas ; et, se relevant avec force, elle se mit à fuir vers le fond de la caverne, au hasard et sans tenir compte des obstacles, des bras sinueux de la source qui se croisaient devant elle, et qui, en plusieurs endroits, offraient de grands dangers. — Au nom de Dieu ! criait Albert, pas par ici ! arrêtez-vous ! La mort est sous vos pieds ! attendez-moi !

Mais ses cris augmentaient la peur de Consuelo. Elle franchit deux fois le ruisseau en sautant avec la légèreté d'une biche, et sans savoir pourtant ce qu'elle faisait. Enfin elle heurta, dans un endroit sombre et planté de cyprès, contre une éminence du terrain, et tomba, les mains en avant, sur une terre fine et fraîchement remuée.

Cette secousse changea la disposition de ses nerfs. Une sorte de stupeur succéda à son

épouvante. Suffoquée, haletante, et ne com-
prenant plus rien à ce qu'elle venait d'éprouver, elle laissa le comte la rejoindre et s'approcher d'elle. Il s'était élancé sur ses traces,
et avait eu la présence d'esprit de prendre à
la hâte, en passant, une des torches plantées
sur les rochers, afin de pouvoir au moins l'é-
clairer au milieu des détours du ruisseau, s'il
ne parvenait pas à l'atteindre avant un endroit qu'il savait profond, et vers lequel elle
paraissait se diriger. Attéré, brisé par des
émotions si soudaines et si contraires, le pauvre jeune homme n'osait ni lui parler, ni
la relever. Elle s'était assise sur le mon-
ceau de terre qui l'avait fait trébucher, et
n'osait pas non plus lui adresser la parole.
Confuse et les yeux baissés, elle regardait
machinalement le sol où elle se trouvait.
Tout à coup elle s'aperçut que cette éminence avait la forme et la dimension d'une

tombe, et qu'elle était effectivement assise sur une fosse récemment recouverte, que jonchaient quelques branches de cyprès à peine flétries et des fleurs desséchées. Elle se leva précipitamment, et, dans un nouvel accès d'effroi qu'elle ne put maîtriser, elle s'écria : — O Albert ! qui donc avez-vous enterré ici ?

—J'y ai enterré ce que j'avais de plus cher au monde avant de vous connaître, répondit Albert en laissant voir la plus douloureuse émotion. Si c'est un sacrilège, comme je l'ai commis dans un jour de délire et avec l'intention de remplir un devoir sacré, Dieu me le pardonnera. Je vous dirai plus tard quelle âme habita le corps qui repose ici. Maintenant vous êtes trop émue, et vous avez besoin de vous retrouver au grand air. Venez, Consuelo, sortons de ce lieu où vous m'avez fàit dans un instant le plus heureux et le plus malheureux des hommes.

— Oh ! oui, s'écria-t-elle, sortons d'ici ! Je ne sais quelles vapeurs s'exhalent du sein de la terre ; mais je me sens mourir, et ma raison m'abandonne.

Ils sortirent ensemble, sans se dire un mot de plus. Albert marchait devant, en s'arrêtant et en baissant sa torche à chaque pierre, pour que sa compagne pût la voir et l'éviter. Lorsqu'il voulut ouvrir la porte de la cellule, un souvenir en apparence éloigné de la disposition d'esprit où elle se trouvait, mais qui s'y rattachait par une préoccupation d'artiste, se réveilla chez Consuelo.

— Albert, dit-elle, vous avez oublié votre violon auprès de la source. Cet admirable instrument qui m'a causé des émotions inconnues jurqu'à ce jour, je ne saurais con-

sentir à le savoir abandonné à une destruction certaine dans cet endroit humide.

Albert fit un mouvement qui signifiait le
peu de prix qu'il attachait désormais à tout
ce qui n'était pas Consuelo. Mais elle insista :
— Il m'a fait bien du mal, lui dit-elle, et
pourtant...

— S'il ne vous a fait que du mal, laissez-
le se détruire, répondit-il avec amertume;
je n'y veux plus toucher de ma vie. Ah ! il me
tarde qu'il soit anéanti.

— Je mentirais si je disais cela, reprit Consuelo, rendue à un sentiment de respect pour
le génie musical du comte. L'émotion a dé-
passé mes forces, voilà tout; et le ravisse-
ment s'est changé en agonie. Allez le chercher, mon ami; je veux moi-même le remettre avec soin dans sa boîte, en attendant que
j'aie le courage de l'en tirer pour le replacer
dans vos mains, et l'écouter encore.

Consuelo fut attendrie par le regard de re-
merciment que lui adressa le comte en re-
cevant cette espérance. Il rentra dans la
grotte pour lui obéir ; et, restée seule quelques instants, elle se reprocha sa folle terreur et ses soupçons affreux. Elle se rappelait, en tremblant et en rougissant, ce mouvement de fièvre qui l'avait jetée dans ses
bras ; mais elle ne pouvait se défendre d'admirer le respect modeste et la chaste timidité de cet homme qui l'adorait, et qui n'osait
pas profiter d'une telle circonstance pour lui
dire même un mot de son amour. La tristesse qu'elle voyait dans ses traits, et la langueur de sa démarche brisée, annonçaient
assez qu'il n'avait conçu aucune espérance
audacieuse, ni pour le présent, ni pour l'avenir. Elle lui sut gré dune si grande délicatesse de cœur, et se promit d'adoucir par
de plus douces paroles l'espèce d'adieux

qu'ils allaient se faire en quittant le souterrain.

Mais le souvenir de Zdenko, comme une
ombre vengeresse, devait la suivre jusqu'au
bout, et accuser Albert en dépit d'elle-même.
En s'approchant de la porte, ses yeux tom-
bèrent sur une inscription en bohémien, dont,
excepté un seul, elle comprit aisément tous
les mots, puisqu'elle les savait par cœur. Une
main, qui ne pouvait être que celle de Zdenko,
avait tracé à la craie sur la porte noire et profonde : « *Que celui à qui on a fait tort te.....* »
Le dernier mot était inintelligible pour Consuelo ; et cette circonstance lui causa une
vive inquiétude. Albert revint, serra son
violon, sans qu'elle eût le courage ni même
la pensée de l'aider, comme elle le lui avait
promis. Elle retrouvait toute l'impatience
qu'elle avait éprouvée de sortir du souterrain. Lorsqu'il tourna la clef avec effort dans

la serrure rouillée, elle ne put s'empêcher
de mettre le doigt sur le mot mystérieux, en
regardant son hôte d'un air d'interrogation.

— Cela signifie, répondit Albert avec une
sorte de calme, que l'ange méconnu, l'ami du
malheureux, celui dont nous parlions tout à
l'heure, Consuelo.....

— Oui, Satan ; je sais cela ; et le reste ?

— Que Satan, dis-je, te pardonne !

— Et quoi pardonner ? reprit-elle en pâlissant.

— Si la douleur doit se faire pardonner,
répondit le comte avec une sérénité mélancolique, j'ai une longue prière à faire.

Ils entrèrent dans la galerie, et ne rompi-
rent plus le silence jusqu'à la Cave du Moine.
Mais lorsque la clarté du jour extérieur vint,
à travers le feuillage, tomber en reflets bleuâ-
tres sur le visage du comte, Consuelo vit que
deux ruisseaux de larmes silencieuses cou-

laient lentement sur ses joues. Elle en fut affectée ; et cependant, lorsqu'il s'approcha d'un air craintif pour la transporter jusqu'à la sortie, elle préféra mouiller ses pieds dans cette eau saumâtre que de lui permettre de la soulever dans ses bras. Elle prit pour pré-texte l'état de fatigue et d'abattement où elle le voyait, et hasardait déjà sa chaussure déli-cate dans la vase, lorsque Albert lui dit en éteignant son flambeau :

— Adieu donc, Consuelo ! je vois à votre aversion pour moi que je dois rentrer dans la nuit éternelle, et, comme un spectre évo-qué par vous un instant, retourner à ma tombe après n'avoir réussi qu'à vous faire peur.

— Non ! votre vie m'appartient ! s'écria Consuelo en se retournant et en l'arrêtant ; vous m'avez fait le serment de ne plus ren-

trer sans moi dans cette caverne, et vous
n'avez pas le droit de le reprendre.

— Et pourquoi voulez-vous imposer le far-
deau de la vie humaine au fantôme d'un
homme? Le solitaire n'est que l'ombre d'un
mortel, et celui qui n'est point aimé est seul
partout et avec tous.

— Albert, Albert! vous me déchirez le
cœur. Venez, portez-moi dehors. Il me semble qu'à la pleine lumière du jour, je verrai
enfin clair dans ma propre destinée.

6

Albert obéit ; et quand ils commencèrent à descendre de la base du Schreckenstein vers les vallons inférieurs, Consuelo sentit, en effet, ses agitations se calmer. — Pardonnez-moi le mal que je vous ai fait, lui dit-elle en s'appuyant doucement sur son bras

pour marcher; il est bien certain pour moi
maintenant que j'ai eu tout à l'heure un
accès de folie dans la grotte.

— Pourquoi vous le rappeler, Consuelo?
Je ne vous en aurais jamais parlé, moi; je
sais bien que vous voudriez l'effacer de votre
souvenir. Il faudra aussi que je parvienne à
l'oublier!

— Mon ami, je ne veux pas l'oublier, mais
vous en demander pardon. Si je vous racon-
tais la vision étrange que j'ai eu ene écoutant
vos airs bohémiens, vous verriez que j'étais
hors de sens quand je vous ai causé une telle
surprise et une telle frayeur. Vous ne pouvez pas croire que j'aie voulu me jouer de
votre raison et de votre repos... Mon Dieu!
le ciel m'est témoin que je donnerais encore
maintenant ma vie pour vous.

— Je sais que vous ne tenez point à la vie,

Consuelo! Et moi je sens que j'y tiendrais avec tant d'âpreté, si...

— Achevez donc !

— Si j'étais aimé comme j'aime !

— Albert, je vous aime autant qu'il m'est permis de le faire. Je vous aimerais sans doute comme vous méritez de l'être, si...

— Achevez à votre tour !

—Si des obstacles insurmontables ne m'en faisaient pas un crime.

— Et quels sont donc ces obstacles? Je les cherche en vain autour de vous ; je ne les trouve qu'au fond de votre cœur, que dans vos souvenirs, sans doute !

—Ne parlons pas de mes souvenirs ; ils sont odieux, et j'aimerais mieux mourir tout de suite que de recommencer le passé. Mais votre rang dans le monde, votre fortune, l'opposition et l'indignation de vos parents, où voudriez-vous que je prisse le courage

d'accepter tout cela? Je ne possède rien au
monde que ma fierté et mon désintéressement; que me resterait-il si j'en faisais le
sacrifice?

— Il te resterait mon amour et le tien, si
tu m'aimais. Je sens que cela n'est point, et
je ne te demanderai qu'un peu de pitié. Comment pourrais-tu être humiliée de me faire
l'aumône de quelque bonheur? Lequel de
nous serait donc prosterné devant l'autre?
En quoi ma fortune te dégraderait-elle? Ne
pourrions-nous pas la jeter bien vite aux
pauvres, si elle te pesait autant qu'à moi?
Crois-tu que je n'aie pas pris dès longtemps
la ferme résolution de l'employer comme il
convient à mes croyances et à mes goûts,
c'est-à-dire de m'en débarrasser, quand la
perte de mon père viendra ajouter la douleur de l'héritage à la douleur de la séparation! Eh bien! as-tu peur d'être riche? j'ai

fait vœu de pauvreté. Crains-tu d'être illus-
trée par mon nom ? c'est un faux nom, et le
véritable est un nom proscrit. Je ne le re-
prendrai pas, ce serait faire injure à la mémoire de mon père ; mais, dans l'obscurité
où je me plongerai, nul n'en sera ébloui, je
te jure, et tu ne pourras pas me le reprocher.
Enfin, quant à l'opposition de mes parents...
Oh ! s'il n'y avait que cet obstacle ! dis-moi
donc qu'il n'y en a pas d'autre, et tu ver-
ras !

— C'est le plus grand de tous, le seul que
tout mon dévouement, toute ma reconnaissance pour vous ne saurait lever.

— Tu mens, Consuelo ! Ose jurer que tu
ne mens pas ! Ce n'est pas là le seul obstacle.

Consuelo hésita. Elle n'avait jamais menti,
et cependant elle eût voulu réparer le mal
qu'elle avait fait à son ami, à celui qui lui avait

sauvé la vie, et qui veillait sur elle depuis
plusieurs mois avec la sollicitude d'une mère
tendre et intelligente. Elle s'était flattée d'a-
doucir ses refus en invoquant des obstacles
qu'elle jugeait, en effet, insurmontables.
Mais les questions réitérées d'Albert la trou-
blaient, et son propre cœur était un dédale
où elle se perdait; car elle ne pouvait pas
dire avec certitude si elle aimait ou si elle
haïssait cet homme étrange, vers lequel une
sympathie mystérieuse et puissante l'avait
poussée, tandis qu'une crainte invincible, et
quelque chose qui ressemblait à l'aversion, la
faisaient trembler à la seule idée d'un engagement.

Il lui sembla, en cet instant, qu'elle haïssait Anzoleto. Pouvait-il en être autrement,
lorsqu'elle le comparait, avec son brutal
égoïsme, son ambition abjecte, ses lâchetés,
ses perfidies, à cet Albert si généreux, si hu-

main, si pur, et si grand de toutes les vertus les plus sublimes et les plus romanesques? Le seul nuage qui pût obscurcir la conclusion du parallèle, c'était cet attentat sur la vie de Zdenko, qu'elle ne pouvait se défendre de présumer. Mais ce soupçon n'était-il pas une maladie de son imagination, un cauchemar qu'un instant d'explication pouvait dissiper? Elle résolut de l'essayer; et, feignant d'être distraite et de n'avoir pas entendu la dernière question d'Albert : — Mon Dieu! dit-elle en s'arrêtant pour regarder un paysan qui passait à quelque distance, j'ai cru voir Zdenko.

Albert tressaillit, laissa tomber le bras de Consuelo qu'il tenait sous le sien, et fit quelques pas en avant. Puis il s'arrêta, et revint vers elle en disant : Quelle erreur est la vôtre, Consuelo! cet homme-ci n'a pas le moindre trait de... Il ne put se résoudre à pronon-

cer le nom de Zdenko ; sa physionomie était
bouleversée.

— Vous l'avez cru cependant vous-même
un instant, dit Consuelo, qui l'examinait avec
attention.

— J'ai la vue fort basse, et j'aurais dû me
rappeler que cette rencontre était impossible.

— Impossible! Zdenko est donc bien loin
d'ici ?

— Assez loin pour que vous n'ayez plus
rien à redouter de sa folie.

— Ne sauriez-vous me dire d'où lui était
venue cette haine subite contre moi, après
les témoignages de sympathie qu'il m'avait
donnés?

— Je vous l'ai dit, d'un rêve qu'il fit la
veille de votre descente dans le souterrain.
Il vous vit en songe me suivre à l'autel, où
vous consentiez à me donner votre foi ; et là

vous vous mîtes à chanter nos vieux hymnes
bohémiens d'une voix éclatante qui fit trembler toute l'église. Et pendant que vous chan-
tiez, il me voyait pâlir et m'enfoncer dans le
pavé de l'église, jusqu'à ce que je me trou-
vasse enseveli et couché mort dans le sépulcre de mes aïeux. Alors il vous vit jeter à la
hâte votre couronne de mariée, pousser du
pied une dalle qui me couvrit à l'instant, et
danser sur cette pierre funèbre en chantant
des choses incompréhensibles dans une langue inconnue, et avec tous les signes de la
joie la plus effrénée et la plus cruelle. Plein
de fureur, il se jeta sur vous; mais vous,
vous étiez déjà envolée en fumée, et il s'é-
veilla baigné de sueur et transporté de colère. Il m'éveilla moi-même, car ses cris et
ses imprécations faisaient retentir la voûte
de sa cellule. J'eus beaucoup de peine à lui
faire raconter son rêve, et j'en eus plus en-

core à l'empêcher d'y voir un sens réel de ma
destinée future. Je ne pouvais le convaincre
aisément; car j'étais moi-même sous l'empire d'une exaltation d'esprit tout à fait ma-
ladive, et je n'avais jamais tenté jusqu'alors
de le dissuader lorsque je le voyais ajouter
foi à ses visions et à ses songes. Cependant
j'eus lieu de croire, dans le jour qui suivit
cette nuit agitée, qu'il ne s'en souvenait pas,
ou qu'il n'y attachait aucune importance;
car il n'en dit plus un mot, et lorsque je le
priai d'aller vous parler de moi, il ne fit aucune résistance ouverte. Il ne pensait pas
que vous eussiez jamais la pensée ni la possibilité de venir me chercher où j'étais, et
son délire ne se réveilla que lorsqu'il vous
vit l'entreprendre. Toutefois il ne me montra sa haine contre vous qu'au moment où
nous le rencontrâmes à notre retour par les
galeries souterraines. C'est alors qu'il me dit

laconiquement en bohémien que son intention et sa résolution étaient de me délivrer
de vous (c'était son expression), et de vous
détruire la première fois qu'il vous rencontrerait seule, parce que vous étiez le fléau
de ma vie, et que vous aviez ma mort écrite
dans les yeux. Pardonnez-moi de vous répéter les paroles de sa démence, et comprenez
maintenant pourquoi j'ai dû l'éloigner de
vous et de moi . N'en parlons pas davantage,
je vous en supplie ; ce sujet de conversation
m'est fort pénible. J'ai aimé Zdenko comme
un autre moi-même. Sa folie s'était assimilée
et identifiée à la mienne, au point que nous
avions spontanément les mêmes pensées, les
mêmes visions, et jusqu'aux mêmes souffrances physiques. Il était plus naïf, et partant
plus poète que moi ; son humeur était plus
égale, et les fantômes que je voyais affreux
et menaçants, il les voyait doux et tristes à

travers son organisation plus tendre et plus sereine que la mienne. La grande différence qui existait entre nous deux, c'était l'irrégularité de mes accès et la continuité de son enthousiasme. Tandis que j'étais tour à tour en proie au délire, ou spectateur froid et consterné de ma misère, il vivait constamment dans une sorte de rêve où tous les objets extérieurs venaient prendre des formes symboliques; et cette divagation était toujours si douce et si affectueuse, que dans mes moments lucides (les plus douloureux pour moi à coup sûr!) j'avais besoin de la démence paisible et ingénieuse de Zdenko pour me ranimer et me réconcilier avec la vie.

— O mon ami, dit Consuelo, vous devriez me haïr, et je me hais moi-même, pour vous avoir privé de cet ami si précieux et si dévoué. Mais son exil n'a-t-il pas duré assez

longtemps? A cette heure, il est guéri sans
doute d'un accès passager de violence.....

— Il en est guéri..... *probablement!* dit
Albert avec un sourire étrange et plein d'a-
mertume.

— Eh bien, reprit Consuelo qui cherchait
à repousser l'idée de la mort de Zdenko, que
ne le rappelez-vous? Je le reverrais sans
crainte, je vous assure; et à nous deux, nous
lui ferions oublier ses préventions contre
moi.

— Ne parlez pas ainsi, Consuelo, dit Albert avec abattement; ce retour est impossible désormais. J'ai sacrifié mon meilleur
ami, celui qui était mon compagnon, mon
serviteur, mon appui, ma mère prévoyante
et laborieuse, mon enfant naïf, ignorant et
soumis; celui qui pourvoyait à tous mes besoins, à tous mes innocents et tristes plaisirs;
celui qui me défendait contre moi-même

dans mes accès de désespoir, et qui em-
ployait la force et la ruse pour m'empêcher
de quitter ma cellule, lorsqu'il me voyait incapable de préserver ma propre dignité et
ma propre vie dans le monde des vivants et
dans la société des autres hommes. J'ai fait
ce sacrifice sans regarder derrière moi et
sans avoir de remords, parce que je le devais; parce qu'en affrontant les dangers du
souterrain, en me rendant la raison et le
sentiment de mes devoirs, vous étiez plus
précieuse, plus sacrée pour moi que Zdenko
lui-même.

—Ceci est une erreur, un blasphème peut-
être, Albert! Un instant de courage ne saurait être comparé à toute une vie de dévouement.

— Ne croyez pas qu'un amour égoïste et
sauvage m'ait donné le conseil d'agir comme
je l'ai fait. J'aurais su étouffer un tel amour

dans mon sein, et m'enfermer dans ma caverne avec Zdenko, plutôt que de briser le
cœur et la vie du meilleur des hommes. Mais
la voix de Dieu avait parlé clairement. J'avais
résisté à l'entraînement qui me maîtrisait;
je vous avais fuie, je voulais cesser de vous
voir, tant que les rêves et les pressentiments
qui me faisaient espérer en vous l'ange de
mon salut ne se seraient pas réalisés. Jusqu'au désordre apporté par un songe men-
teur dans l'organisation pieuse et douce de
Zdenko, il partageait mon aspiration vers
vous, mes craintes, mes espérances, et mes
religieux désirs. L'infortuné, il vous mécon-
nut le jour même où vous vous révéliez! La
lumière céleste qui avait toujours éclairé les
régions mystérieuses de son esprit s'éteignit
tout à coup, et Dieu le condamna en lui en-
voyant l'esprit de vertige et de fureur. Je devais l'abandonner aussi; car vous m'appa-

raissiez enveloppée d'un rayon de la gloire,
vous descendiez vers moi sur les ailes du pro-
dige, et vous trouviez, pour me dessiller les
yeux, des paroles que votre intelligence
calme et votre éducation d'artiste ne vous
avaient pas permis d'étudier et de préparer.
La pitié, la charité, vous inspiraient, et, sous
leur influence miraculeuse, vous me disiez
ce que je devais entendre pour connaître et
concevoir la vie humaine.

—Que vous ai-je donc dit de si sage et de
si fort? Vraiment, Albert, je n'en sais rien.

— Ni moi non plus; mais Dieu même était
dans le son de votre voix et dans la sérénité
de votre regard. Auprès de vous je compris
en un instant ce que dans toute ma vie je
n'eusse pas trouvé seul. Je savais auparavant que ma vie était une expiation, un martyre; et je cherchais l'accomplissement de ma
destinée dans les ténèbres, dans la solitude,

dans les larmes, dans l'indignation, dans l'é-
tude, dans l'ascétisme et les macérations.
Vous me fîtes pressentir une autre vie, un
autre martyre, tout de patience, de douceur, de tolérance et de dévouement. Les
devoirs que vous me traciez naïvement et
simplement, en commençant par ceux de la
famille, je les avais oubliés; et ma famille,
par excès de bonté, me laissait ignorer mes
crimes. Je les ai réparés, grâce à vous; et
dès le premier jour j'ai connu, au calme qui
se faisait en moi, que c'était là tout ce que
Dieu exigeait de moi pour le présent. Je sais
bien que ce n'est pas tout, et j'attends que
Dieu se révèle sur la suite de mon existence.
Mais j'ai confiance maintenant, parce que
j'ai trouvé l'oracle que je pourrai interroger.
C'est vous, Consuelo! La Providence vous a
donné pouvoir sur moi, et je ne me révolte-
rai pas contre ses décrets, en cherchant à

m'y soustraire. Je ne devais donc pas hésiter
un instant entre la puissance supérieure in-
vestie du don de me régénérer, et la pauvre
créature passive qui jusqu'alors n'avait fait
que partager mes détresses et subir mes
orages.

— Vous parlez de Zdenko? Mais que savez-vous si Dieu ne m'avait pas destinée à le
guérir, lui aussi? Vous voyez bien que j'a-
vais déjà quelque pouvoir sur lui, puisque j'a-
vais réussi à le convaincre d'un mot, lorsque
sa main était levée sur moi pour me tuer.

— O mon Dieu, il est vrai, j'ai manqué de
foi, j'ai eu peur. Je connaissais les serments
de Zdenko. Il m'avait fait malgré moi celui
de ne vivre que pour moi, et il l'avait tenu
depuis que j'existe, en mon absence comme
avant et depuis mon retour. Lorsqu'il jurait
de vous *détruire*, je ne pensais même pas
qu'il fût possible d'arrêter l'effet de sa réso-

lution, et je pris le parti de l'offenser, de le bannir, de le briser, de le *détruire* lui-même.

— De le *détruire*, mon Dieu ! Que signifie ce mot dans votre bouche, Albert? Où est Zdenko ?

— Vous me demandez comme Dieu à Caïn : Qu'as-tu fait de ton frère ?

— O ciel, ciel ! Vous ne l'avez pas tué, Albert !

Consuelo, en laissant échapper cette parole terrible, s'était attachée avec énergie au bras d'Albert, et le regardait avec un effroi mêlé d'une douloureuse pitié. Elle recula terrifiée de l'expression fière et froide que prit ce visage pâle, où la douleur semblait parfois s'être pétrifiée.

— Je ne l'ai pas *tué*, répondit-il, et pourtant je lui ai ôté la vie, à coup sûr. Oseriez-vous donc m'en faire un crime, vous pour

qui je tuerais peut-être mon propre père de
la même manière ; vous pour qui je braverais
tous les remords, et briserais tous les liens
les plus chers, les existences les plus sacrées ?
Si j'ai préféré, à la crainte de vous voir as-
sassiner par un fou, le regret et le repentir
qui me rongent, avez-vous assez peu de pitié dans le cœur pour remettre toujours cette
douleur sous mes yeux, et pour me reprocher le plus grand sacrifice qu'il ait été en
mon pouvoir de vous faire ? Ah ! vous aussi,
vous avez donc des moments de cruauté ! La
cruauté ne saurait s'éteindre dans les entrailles de quiconque appartient à la race
humaine !

Il y avait tant de solennité dans ce reproche, le premier qu'Albert eût osé faire à
Consuelo, qu'elle en fut pénétrée de crainte,
et sentit, plus qu'il ne lui était encore arrivé
de le faire, la terreur qu'il lui inspirait. Une

sorte d'humiliation, puérile peut-être, mais inhérente au cœur de la femme, succédait au doux orgueil dont elle n'avait pu se défendre en écoutant Albert lui peindre sa vénération passionnée. Elle se sentit abaissée, méconnue sans doute ; car elle n'avait cherché à surprendre son secret qu'avec l'intention, ou du moins avec le désir de répondre à son amour s'il venait à se justifier. En même temps, elle voyait que dans la pensée de son amant elle était coupable ; car s'il avait tué Zdenko, la seule personne au monde qui n'eût pas eu le droit de le condamner irrévocablement, c'était celle dont la vie avait exigé le sacrifice d'une autre vie infiniment précieuse d'ailleurs au malheureux Albert.

Consuelo ne put rien répondre : elle voulut parler d'autre chose, et ses larmes lui coupèrent la parole. En les voyant couler, Albert, repentant, voulut s'humilier à son tour ;

mais elle le pria de ne plus jamais revenir
sur un sujet si redoutable pour son esprit, et
lui promit, avec une sorte de consternation
amère, de ne jamais prononcer un nom qui
réveillait en elle comme en lui les émotions
les plus affreuses. Le reste de leur trajet fut
rempli de contrainte et d'angoisses. Ils es-
sayèrent vainement un autre entretien. Consuelo ne savait ni ce qu'elle disait, ni ce
qu'elle entendait. Albert pourtant paraissait
calme, comme Abraham ou comme Brutus
après l'accomplissement du sacrifice ordonné
par les destins farouches. Cette tranquillité
triste, mais profonde, avec un pareil poids
sur la poitrine, ressemblait à un reste de
folie ; et Consuelo ne pouvait justifier son ami
qu'en se rappelant qu'il était fou. Si, dans un
combat à force ouverte contre quelque bandit, il eût tué son adversaire pour la sauver,
elle n'eût trouvé là qu'un motif de plus de

reconnaissance, et peut-être d'admiration pour sa vigueur et son courage. Mais ce meurtre mystérieux, accompli sans doute dans les ténèbres du souterrain; cette tombe creusée dans le lieu de la prière, et ce farouche silence après une pareille crise; ce fanatisme stoïque avec lequel il avait osé la conduire dans la grotte, et s'y livrer lui-même aux charmes de la musique, tout cela était horrible, et Consuelo sentait que l'amour de cet homme refusait d'entrer dans son cœur. Quand donc a-t-il pu commettre ce meurtre? se demandait-elle. Je n'ai pas vu sur son front, depuis trois mois, un pli assez profond pour me faire présumer un remords! N'at-il pas eu quelques gouttes de sang sur les mains, un jour que je lui aurai tendu la mienne. Horreur! Il faut qu'il soit de pierre ou de glace, ou qu'il m'aime jusqu'à la férocité. Et moi, qui avais tant désiré d'inspirer

un amour sans bornes! moi, qui regrettais si
amèrement d'avoir été faiblement aimée!
Voilà donc l'amour que le ciel me réservait
pour compensation !

Puis elle recommençait à chercher dans
quel moment Albert avait pu accomplir son
horrible sacrifice. Elle pensait que ce devait
être pendant cette grave maladie qui l'avait
rendue indifférente à toutes les choses exté-
rieures; et lorsqu'elle se rappelait les soins
tendres et délicats qu'Albert lui avait prodi-
gués, elle ne pouvait concilier les deux faces
d'un être si dissemblable à lui-même et à
tous les autres hommes.

Perdue dans ces rêveries sinistres, elle re-
cevoit d'une main tremblante et d'un air pré-
occupé les fleurs qu'Albert avait l'habitude
de cueillir en chemin pour les lui donner ;
car il savait qu'elle les aimait beaucoup. Elle
ne pensa même pas à le quitter, pour rentrer

seule au château et dissimuler le long tête-
à-tête qu'ils avaient eu ensemble. Soit qu'Albert n'y songeât pas non plus, soit qu'il ne
crût pas devoir feindre davantage avec sa famille, il ne l'en fit pas ressouvenir ; et ils se
trouvèrent à l'entrée du château face à face
avec la chanoinesse. Consuelo (et sans doute
Albert aussi) vit pour la première fois la colère et le dédain enflammer les traits de cette
femme, que la bonté de son cœur empêchait
d'être laide ordinairement, malgré sa mai-
greur et sa difformité. — Il est bien temps
que vous rentriez, Mademoiselle, dit-elle à
la Porporina d'une voix tremblante et sac-
cadée par l'indignation. Nous étions fort en
peine du comte Albert. Son père, qui n'a pas
voulu déjeûner sans lui, désirait avoir avec
lui ce matin un entretien que vous avez jugé
à propos de lui faire oublier ; et quant à vous,
il y a dans le salon un petit jeune homme qui

se dit votre frère, et qui vous attend avec
une impatience peu polie.

Après avoir dit ces paroles étranges, la
pauvre Wenceslawa, effrayée de son courage, tourna le dos brusquement, et courut
à sa chambre, où elle toussa et pleura pendant plus d'une heure.

7

— Ma tante est dans une singulière disposition d'esprit, dit Albert à Consuelo en remontant avec elle l'escalier du perron. Je vous demande pardon pour elle, mon amie ; soyez sûre qu'aujourd'hui même elle changera de manières et de langage.

— Mon frère? dit Consuelo stupéfaite de la nouvelle qu'on venait de lui annoncer, et sans entendre ce que lui disait le jeune comte.

— Je ne savais pas que vous eussiez un frère, reprit Albert, qui avait été plus frappé de l'aigreur de sa tante que de cet incident. Sans doute, c'est un bonheur pour vous de le revoir, chère Consuelo, et je me réjouis.....

— Ne vous réjouissez pas, monsieur le comte, reprit Consuelo qu'un triste pressentiment envahissait rapidement; c'est peut-être un grand chagrin pour moi qui se prépare, et... Elle s'arrêta tremblante ; car elle était sur le point de lui demander conseil et protection. Mais elle craignit de se lier trop envers lui, et, n'osant ni accueillir ni éviter celui qui s'introduisait auprès d'elle à la faveur d'un mensonge, elle sentit ses genoux plier, et s'appuya en pâlissant contre la rampe, à la dernière marche du perron.

— Craignez-vous quelque fâcheuse nouvelle de votre famille ? lui dit Albert, dont l'inquiétude commençait à s'éveiller.

— Je n'ai pas de famille, répondit Consuelo en s'efforçant de reprendre sa marche. Elle faillit dire qu'elle n'avait pas de frère ; une crainte vague l'en empêcha. Mais en traversant la salle à manger, elle entendit crier sur le parquet du salon les bottes du voyageur, qui s'y promenait de long en large avec impatience. Par un mouvement involontaire, elle se rapprocha du jeune comte, et lui pressa le bras en y enlaçant le sien, comme pour se réfugier dans son amour, à l'approche des souffrances qu'elle prévoyait.

Albert, frappé de ce mouvement, sentit s'éveiller en lui des appréhensions mortelles.

— N'entrez pas sans moi, lui dit-il à voix

basse; je devine, à mes pressentiments qui
ne m'ont jamais trompé, que ce frère est
votre ennemi et le mien. J'ai froid, j'ai peur,
comme si j'allais être forcé de haïr quelqu'un !

Consuelo dégagea son bras qu'Albert serrait étroitement contre sa poitrine. Elle
trembla en pensant qu'il allait peut-être concevoir une de ces idées singulières, une de
ces implacables résolutions dont la mort
présumée de Zdenko était un déplorable
exemple pour elle. — Quittons-nous ici, lui
dit-elle en allemand (car de la pièce voisine
on pouvait déjà l'entendre). Je n'ai rien à
craindre du moment présent ; mais si l'avenir
me menace, comptez, Albert, que j'aurai re-
cours à vous.

Albert céda avec une mortelle répugnance.
Craignant de manquer à la délicatesse, il
n'osait lui désobéir ; mais il ne pouvait se ré-

soudre à s'éloigner de la salle. Consuelo, qui comprit son hésitation, referma les deux portes du salon en y entrant, afin qu'il ne pût ni voir ni entendre ce qui allait se passer.

Anzoleto (car c'était lui; elle ne l'avait que trop bien deviné à son audace, et que trop bien reconnu au bruit de ses pas) s'était préparé à l'aborder effrontément par une embrassade fraternelle en présence des témoins. Lorsqu'il la vit entrer seule, pâle, mais froide et sévère, il perdit tout son courage, et vint se jeter à ses pieds en balbutiant. Il n'eut pas besoin de feindre la joie et la tendresse. Il éprouvait violemment et réellement ces deux sentiments, en retrouvant celle qu'il n'avait jamais cessé d'aimer malgré sa trahison. Il fondit en pleurs; et, comme elle ne voulut point lui laisser prendre ses mains, il couvrit de baisers et de larmes le

bord de son vêtement. Consuelo ne s'était
pas attendu à le retrouver ainsi. Depuis quatre mois, elle le rêvait tel qu'il s'était montré
la nuit de leur rupture, amer, ironique, méprisable et haïssable entre tous les hommes.
Ce matin même, elle l'avait vu passer avec
une démarche insolente et un air d'insouciance presque cynique. Et voilà qu'il était à
genoux, humilié, repentant, baigné de larmes, comme dans les jours orageux de leurs
réconciliations passionnées ; plus beau que
jamais, car son costume de voyage un peu
commun, mais bien porté, lui seyait à merveille, et le hâle des chemins avait donné un
caractère plus mâle à ses traits admirables.

Palpitante comme la colombe que le vau-
tour vient de saisir, elle fut forcée de s'asseoir et de cacher son visage dans ses mains,
pour se dérober à la fascination de son regard. Ce mouvement, qu'Anzoleto prit pour

de la honte, l'encouragea ; et le retour des
mauvaises pensées vint bien vite gâter l'élan
naïf de son premier transport. Anzoleto, en
fuyant Venise et les dégoûts qu'il y avait
éprouvés en punition de ses fautes, n'avait
pas eu d'autre pensée que celle de chercher
fortune ; mais en même temps il avait toujours nourri le désir et l'espérance de retrouver sa chère Consuelo. Un talent aussi
éblouissant ne pouvait, selon lui, rester caché bien longtemps, et nulle part il n'avait
négligé de prendre des informations, en faisant causer ses hôteliers, ses guides, ou les
voyageurs dont il faisait la rencontre. A
Vienne, il avait retrouvé des personnes de
distinction de sa nation, auxquelles il avait
confessé son coup de tête et sa fuite. Elles lui
avaient conseillé d'aller attendre plus loin de
Venise que le comte Zustiniani eût oublié ou
pardonné son escapade ; et en lui promettant

de·s'y employer, elles lui avaient donné des
lettres de recommandation pour Prague,
Dresde et Berlin. En passant devant le château des Géants, Anzoleto n'avait pas songé
à questionner son guide; mais, au bout d'une
heure de marche rapide, s'étant ralenti pour
laisser souffler les chevaux, il avait repris la
conversation en lui demandant des détails
sur le pays et ses habitants. Naturellement
le guide lui avait parlé des seigneurs de Rudolstadt, de leur manière de vivre, des bizarreries du comte Albert, dont la folie n'était
plus un secret pour personne, surtout depuis
l'aversion que le docteur Wetzélius lui avait
vouée très cordialement. Ce guide n'avait
pas manqué d'ajouter, pour compléter la
chronique scandaleuse de la province, que le
comte Albert venait de couronner toutes ses
extravagances en refusant d'épouser sa noble
cousine la belle baronne Amélie de Rudol--

stadt, pour se coiffer d'une aventurière, médiocrement belle, dont tout le monde devenait amoureux cependant lorsqu'elle chantait, parce qu'elle avait une voix extraordinaire.

Ces deux circonstances étaient trop applicables à Consuelo, pour que notre voyageur ne demandât pas le nom de l'aventurière; et en apprenant qu'elle s'appelait Porporina, il ne douta plus de la vérité. Il rebroussa chemin à l'instant même; et, après avoir rapidement improvisé le prétexte et le titre sous lesquels il pouvait s'introduire dans 'ce château si bien gardé, il avait encore arraché quelques médisances à son guide. Le bavardage de cet homme lui avait fait regarder comme certain que Consuelo était la maîtresse du jeune comte, en attendant qu'elle fût sa femme; car elle avait ensorcelé, disait-on, toute la famille, et, au lieu de la chasser comme elle le méritait, on avait pour elle dans la maison des égards et des soins qu'on n'avait jamais eus pour la baronne Amélie.

Ces détails stimulèrent Anzoleto tout autant et peut-être plus encore que son véritable attachement pour Consuelo. Il avait bien soupiré après le retour de cette vie si douce qu'elle lui avait faite; il avait bien senti qu'en perdant ses conseils et sa direction, il avait perdu ou compromis pour long-temps son avenir musical; enfin il était bien entraîné vers elle par un amour à la fois égoïste, profond, et invincible. Mais à tout cela vint se joindre la vaniteuse tentation de disputer Consuelo à un amant riche et noble, de l'arracher à un mariage brillant, et de faire dire, dans le pays et dans le monde, que cette fille si bien pourvue avait mieux aimé courir les aventures avec lui que de devenir comtesse et châtelaine. Il s'amusait donc à faire répéter à son guide que la Porporina régnait en souveraine à Riesenburg, et il se complaisait dans l'espérance puérile de faire dire par ce même homme à tous les voyageurs qui passeraient après lui, qu'un beau garçon étranger était entré au galop dans le manoir inhospitalier des Géants, qu'il n'avait fait que VENIR, VOIR et VAINCRE, et que, peu d'heures ou peu de jours après, il en était ressorti, enlevant la perle des cantatrices à très haut, très puissant seigneur le comte de Rudolstadt.

A cette idée, il enfonçait l'éperon dans le ventre de son cheval, et riait de manière à faire croire à son guide que le plus fou des deux n'était pas le comte Albert.

La chanoinesse le reçut avec méfiance, mais n'osa point l'éconduire, dans l'espoir qu'il allait peut-être emmener sa prétendue sœur. Il apprit d'elle que Consuelo était à la promenade, et eut de l'humeur. On lui fit servir à déjeûner, et il interrogea les domestiques. Un seul comprenait quelque peu l'italien, et n'entendit pas malice à dire qu'il avait vu la signora sur la montagne avec le jeune comte. Anzoleto craignit de trouver Consuelo hautaine et froide dans les premiers instants. Il se dit que si elle n'était encore que l'honnête fiancée du fils de la maison, elle aurait l'attitude superbe d'une personne fière de sa position ; mais que si elle était déjà sa maîtresse, elle devait être moins sûre de son fait, et trembler devant un ancien ami qui pouvait venir gâter ses affaires. Innocente, sa conquête était difficile, partant plus glorieuse ; corrompue, c'était le contraire ; et dans l'un ou l'autre cas, il y avait lieu d'entreprendre ou d'espérer.

Anzoleto était trop fin pour ne pas s'aper-

cevoir de l'humeur et de l'inquiétude que
cette longue promenade de la Porporina
avec son neveu inspirait à la chanoinesse.
Comme il ne vit pas le comte Christian, il
put croire que le guide avait été mal in-
formé; que la famille voyait avec crainte et
déplaisir l'amour du jeune comte pour l'a-
venturière, et que celle-ci baisserait la tête
devant son premier amant.

Après quatre mortelles heures d'attente,
Anzoleto, qui avait eu le temps de faire bien
des réflexions, et dont les mœurs n'étaient
pas assez pures pour augurer le bien en pareille circonstance, regarda comme certain
qu'un aussi long tête-à-tête entre Consuelo
et son rival attestait une intimité sans réserve. Il en fut plus hardi, plus déterminé à
l'attendre sans se rebuter; et après l'attendrissement irrésistible que lui causa son premier aspect, il se crut certain, dès qu'il la

vit se troubler et tomber suffoquée sur une chaise, de pouvoir tout oser. Sa langue se délia donc bien vite. Il s'accusa de tout le passé, s'humilia hypocritement, pleura tant qu'il voulut, raconta ses remords et ses tourments, en les peignant plus poétiques que de dégoûtantes distractions ne lui avaient permis de les ressentir; enfin, il implora son pardon avec toute l'éloquence d'un Vénitien et d'un comédien consommé.

D'abord émue au son de sa voix, et plus effrayée de sa propre faiblesse que de la puissance de la séduction, Consuelo, qui depuis quatre mois avait fait, elle aussi, des réflexions, retrouva beaucoup de lucidité pour reconnaître, dans ces protestations et dans cette éloquence passionnée, tout ce qu'elle avait entendu maintes fois à Venise dans les derniers temps de leur malheureuse union. Elle fut blessée de voir qu'il avait répété les

mêmes serments et les mêmes prières, comme
s'il ne se fût rien passé depuis ces querelles
où elle était si loin encore de pressentir l'o-
dieuse conduite d'Anzoleto. Indignée de tant
d'audace, et de si beaux discours là où il n'eût
fallu que le silence de la honte et les larmes
du repentir, elle coupa court à la déclama-
tion en se levant et en répondant avec froi-
deur :

— C'est assez, Anzoleto ; je vous ai pardonné depuis longtemps, et je ne vous en
veux plus. L'indignation a fait place à la pitié, et l'oubli de vos torts est venu avec l'oubli de mes souffrances. Nous n'avons plus
rien à nous dire. Je vous remercie du bon
mouvement qui vous a fait interrompre votre
voyage pour vous réconcilier avec moi. Votre pardon vous était accordé d'avance, vous
le voyez. Adieu donc, et reprenez votre chemin.

— Moi, partir ! te quitter, te perdre encore ! s'écria Anzoleto véritablement effrayé.
Non, j'aime mieux que tu m'ordonnes tout
de suite de me tuer. Non, jamais je ne me
résoudrai à vivre sans toi. Je ne le peux pas,
Consuelo. Je l'ai essayé, et je sais que c'est
inutile. Là où tu n'es pas, il n'y a rien pour
moi. Ma détestable ambition, ma misérable
vanité, auxquelles j'ai voulu en vain sacrifier
mon amour, font mon supplice, et ne me
donnent pas un instant de plaisir. Ton image
me suit partout; le souvenir de notre bonheur si pur, si chaste, si délicieux (et où
pourrais-tu en retrouver un semblable toi-
même ?) est toujours devant mes yeux; toutes les chimères dont je veux m'entourer me
causent le plus profond dégoût. O Consuelo !
souviens-toi de nos belles nuits de Venise, de
notre bateau, de nos étoiles, de nos chants
interminables, de tes bonnes leçons et de nos

longs baisers ! et de ton petit lit, où j'ai
dormi seul, toi disant ton rosaire sur la ter-
rasse ! Est-ce que je ne t'aimais pas alors?
Est-ce que l'homme qui t'a toujours respec-
tée, même durant ton sommeil, enfermé tête
à tête avec toi, n'est pas capable d'aimer?
Si j'ai été infâme avec les autres, est-ce que
je n'ai pas été un ange auprès de toi? Et Dieu
sait s'il m'en coûtait ! Oh! n'oublie donc pas
tout cela ! Tu disais m'aimer tant, et tu l'as
oublié ! Et moi, qui suis un ingrat, un mons-
tre, un lâche, je n'ai pas pu l'oublier un seul
instant ! et je n'y veux pas renoncer, quoique tu y renonces sans regret et sans effort !
Mais tu ne m'as jamais aimé, quoique tu fus-
ses une sainte; et moi je t'adore, quoique je
sois un démon.

— Il est possible, répondit Consuelo, frappée de l'accent de vérité qui avait accompa-

gné ces paroles, que vous ayez un regret
sincère de ce bonheur perdu et souillé par
vous. C'est une punition que vous devez accepter, et que je ne dois pas vous empêcher
de subir. Le bonheur vous a corrompu, Anzoleto. Il faut qu'un peu de souffrance vous
purifie. Allez, et souvenez-vous de moi, si
cette amertume vous est salutaire. Sinon,
oubliez-moi, comme je vous oublie, moi qui
n'ai rien à expier ni à réparer.

— Ah! tu as un cœur de fer! s'écria Anzoleto, surpris et offensé de tant de calme.
Mais ne pense pas que tu puisses me chasser
ainsi. Il est possible que mon arrivée te gêne,
et que ma présence te pèse. Je sais fort bien
que tu veux sacrifier le souvenir de notre
amour à l'ambition du rang et de la fortune.
Mais il n'en sera pas ainsi. Je m'attache à toi;
et si je te perds, ce ne sera pas sans avoir

lutté. Je te rappellerai le passé, et je le ferai devant tous tes nouveaux amis, si tu m'y contrains. Je te redirai les serments que tu m'as fait au chevet du lit de ta mère expirante, et que tu m'as renouvelés cent fois sur sa tombe et dans les églises, quand nous allions nous agenouiller dans la foule tout près l'un de l'autre, pour écouter la belle musique et nous parler tout bas. Je rappellerai humblement à toi seule, prosterné devant toi, des choses que tu ne refuseras pas d'entendre; et si tu le fais, malheur à nous deux ! Je dirai devant ton nouvel amant des choses qu'il ne sait pas! Car ils ne savent rien de toi; ils ne savent même pas que tu as été comédienne. Eh bien, je le leur apprendrai, et nous verrons si le noble comte Albert retrouvera la raison pour te disputer à un comédien, ton ami, ton égal, ton fiancé, ton amant.

Ah ! ne me pousse pas au désespoir, Consuelo ! ou bien...

— Des menaces ! Enfin, je vous retrouve
et vous reconnais, Anzoleto, dit la jeune fille
indignée. Eh bien ! je vous aime mieux ainsi,
et je vous remercie d'avoir levé le masque.
Oui, grâces au ciel, je n'aurai plus ni regret
ni pitié de vous. Je vois ce qu'il y a de fiel
dans votre cœur, de bassesse dans votre ca-
rectère, et de haine dans votre amour. Allez,
satisfaites votre dépit. Vous me rendrez service; Mais, à moins que vous ne soyez aussi
aguerri à la calomnie que vous l'êtes à l'in-
sulte, vous ne pourrez rien dire de moi dont
j'aie à rougir.

En parlant ainsi, elle se dirigea vers la
porte, l'ouvrit, et allait sortir, lorsqu'elle
se trouva en face du comte Christian.
A l'aspect de ce vénérable vieillard, qui
s'avançait d'un air affable et majestueux,

après avoir baisé la main de Consuelo, An—
zoleto, qui s'était élancé pour retenir cette
dernière de gré ou de force, recula intimidé,
et perdit l'audace de son maintien.

8

— Chère signora, dit le vieux comte, pardonnez-moi de n'avoir pas fait un meilleur
accueil à monsieur votre frère. J'avais dé-
fendu qu'on m'interrompît, parce que j'avais,
ce matin, des occupations inusitées; et on
m'a trop bien obéi en me laissant ignorer

l'arrivée d'un hôte qui est pour moi, comme
pour toute ma famille, le bien-venu dans
cette maison. Soyez certain, Monsieur, ajouta-t-il en s'adressant à Anzoleto, que je vois
avec plaisir chez moi un aussi proche parent
de notre bien-aimée Porporina. Je vous prie
donc de rester ici et d'y passer tout le temps
qui vous sera agréable. Je présume qu'a-
près une longue séparation vous avez bien
des choses à vous dire, et bien de la joie à
vous trouver ensemble. J'espère que vous ne
craindrez pas d'être indiscret, en goûtant à
loisir un bonheur que je partage.

Contre sa coutume, le vieux Christian parlait avec aisance à un inconnu. Depuis longtemps sa timidité s'était évanouie auprès de
la douce Consuelo ; et, ce jour-là, son visage
semblait éclairé d'un rayon de vie plus brillant qu'à l'ordinaire, comme ceux que le soleil épanche sur l'horizon à l'heure de son

déclin. Anzoleto fut interdit devant cette
sorte de majesté que la droiture et la sérénité de l'âme réflètent sur le front d'un vieillard respectable. Il savait courber le dos
bien bas devant les grands seigneurs; mais
il les haïssait et les raillait intérieurement.
Il n'avait eu que trop de sujets de les mépri-
ser, dans le beau monde où il avait vécu depuis quelque temps. Jamais il n'avait vu encore une dignité si bien portée et une politesse
aussi cordiale que celles du vieux châtelain
de Riesenburg. Il se troubla en le remer-
ciant, et se repentit presque d'avoir escro-
qué par une imposture l'accueil paternel
qu'il en recevait. Il craignit surtout que Consuelo ne le dévoilât, en déclarant au comte
qu'il n'était pas son frère. Il sentait que dans
cet instant il n'eût pas été en son pouvoir de
payer d'effronterie et de chercher à se ven-
ger.

— Je suis bien touchée de la bonté de
monsieur le comte, répondit Consuelo après
un instant de réflexion ; mais mon frère, qui
en sent tout le prix, n'aura pas le bonheur d'en
profiter. Des affaires pressantes l'appellent à
Prague, et dans ce moment il vient de prendre congé de moi...

— Cela est impossible ! vous vous êtes à
peine vus un instant, dit le comte.

— Il a perdu plusieurs heures à m'attendre, reprit-elle, et maintenant ses moments
sont comptés. Il sait bien, ajouta-t-elle en
regardant son prétendu frère d'un air signi-
ficatif, qu'il ne peut pas rester une minute
de plus ici.

Cettre froide insistance rendit à Anzoleto
toute la hardiesse de son caractère et tout
l'aplomb de son rôle. — Qu'il en arrive ce
qu'il plaira au diable..., je veux dire à Dieu !
dit-il en se reprenant ; mais je ne saurais

quitter ma chère sœur aussi précipitamment
que sa raison et sa prudence l'exigent. Je ne
sais aucune affaire d'intérêt qui vaille un
instant de bonheur ; et puisque monseigneur
le comte me le permet-si généreusement,
j'accepte avec reconnaissance. Je reste ! Mes
engagements avec Prague seront remplis un
peu plus tard, voilà tout.

— C'est parler en jeune homme léger, repartit Consuelo offensée. Il y a des affaires
où l'honneur parle plus haut que l'intérêt...

— C'est parler en frère, répliqua Anzoleto ; et toi tu parles toujours en reine, ma
bonne petite sœur.

— C'est parler en bon jeune homme !
ajouta le vieux comte en tendant la main à
Anzoleto. Je ne connais pas d'affaires qui ne
puissent se remettre au lendemain. Il est vrai
que l'on m'a toujours reproché mon indo-
lence ; mais moi j'ai toujours reconnu qu'on

se trouvait plus mal de la précipitation que
de la réflexion. Par exemple, ma chère Porporina, il y a bien des jours, je pourrais dire
bien des semaines, que j'ai une prière à
vous faire, et j'ai tardé jusqu'à présent. Je
crois que j'ai bien fait, et que le moment est
venu. Pouvez-vous m'accorder aujourd'hui
l'heure d'entretien que je venais vous demander lorsque j'ai appris l'arrivée de monsieur votre frère ? Il me semble que cette
heureuse circonstance est venue tout à point,
et peut-être ne sera-t-il pas de trop dans la
conférence que je vous propose.

— Je suis toujours et à toute heure aux ordres de votre seigneurie, répondit Consuelo.
Quant à mon frère, c'est un enfant que je
n'associe pas sans examen à mes affaires per-
sonnelles....

— Je le sais bien, reprit effrontément Anzoleto ; mais puisque monseigneur le comte

m'y autorise, je n'ai pas besoin d'autre permission que la sienne pour entrer dans la
confidence.

— Vous voudrez bien me laisser juge de
ce qui convient à vous et à moi, répondit
Consuelo avec hauteur. Monsieur le comte,
je suis prête à vous suivre dans votre appartement, et à vous écouter avec respect.

— Vous êtes bien sévère avec ce bon jeune
homme, qui a l'air si franc et si enjoué, dit
le comte en souriant ; puis, se tournant vers
Anzoleto. — Ne vous impatientez pas, mon
enfant, lui dit-il. Votre tour viendra. Ce que
j'ai à dire à votre sœur ne peut pas vous être
caché : et bientôt, j'espère, elle me permet-
tra de vous mettre, comme vous dites, dans
la confidence.

Anzoleto eut l'impertinence de répondre à
la gaîté expansive du vieillard en retenant
sa main dans les siennes, comme s'il eût

voulu s'attacher à lui, et surprendre le secret
dont l'excluait Consuelo. Il n'eut pas le bon
goût de comprendre qu'il devait au moins
sortir du salon, pour éviter au comte la peine
d'en sortir lui-même. Quand il s'y trouva
seul, il frappa du pied avec colère, craignant
que cette jeune fille, devenue si maîtresse
d'elle-même, ne déconcertât tous ses plans
et ne le fît éconduire en dépit de son habileté. Il eut envie de se glisser dans la maison,
et d'aller écouter à toutes les portes. Il sortit du salon dans ce dessein, erra dans les
jardins quelques moments, puis se hasarda
dans les galeries, feignant, lorsqu'il rencontrait quelque serviteur, d'admirer la belle
architecture du château. Mais, à trois reprises différentes, il vit passer à quelque distance un personnage vêtu de noir, et singulièrement grave, dont il ne se soucia pas
beaucoup d'attirer l'attention : c'était Albert,

qui paraissait ne pas le remarquer , et qui, cependant , ne le perdait pas de vue. Anzoleto , en le voyant plus grand que lui de toute la tête , et en observant la beauté sérieuse de ses traits, comprit que , de toutes façons, il n'avait pas un rival aussi méprisable qu'il l'avait d'abord pensé, dans la personne du fou de Riesenburg. Il prit donc le parti de rentrer dans le salon, et d'essayer sa belle voix dans ce vaste local, en promenant avec distraction ses doigts sur le clavecin.

— Ma fille , dit le comte Christian à Consuelo, après l'avoir conduite dans son cabinet et lui avoir avancé un grand fauteuil de velours rouge à crépines d'or , tandis qu'il s'assit sur un pliant à côté d'elle : j'ai à vous demander une grâce , et je ne sais pas encore de quel droit je vais le faire avant que vous ayez compris mes intentions. Puis-je me flatter que mes cheveux blancs , ma tendre estime pour vous, et l'amitié du noble Porpora, votre père adoptif, vous donneront assez de confiance en moi pour que vous consentiez à m'ouvrir votre cœur sans réserve ?

Attendrie et cependant un peu effrayée de ce début, Consuelo porta à ses lèvres la main du vieillard, et lui répondit avec effusion :

— Oui, monsieur le comte, je vous respecte et vous aime comme si j'avais l'honneur de vous avoir pour mon père, et je puis répondre sans crainte et sans détour à toutes vos questions, en ce qui me concerne personnellement.

— Je ne vous demanderai rien autre chose, ma chère fille, et je vous remercie de cette promesse. Croyez-moi incapable d'en abuser, comme je vous crois incapable d'y manquer.

— Je le crois, monsieur le comte. Daignez parler.

— Eh bien! mon enfant, dit le vieillard avec une curiosité naïve et encourageante, comment vous nommez-vous?

— Je n'ai pas de nom, répondit Consuelo sans hésiter; ma mère n'en portait pas d'autre que celui de Rosmunda. Au baptême, je fus appelée Marie de Consolation : je n'ai jamais connu mon père.

— Mais vous savez son nom?

—Nullement, monseignenr ; je n'ai jamais entendu parler de lui.

— Maître Porpora vous a-t-il adoptée? Vous a-t-il donné son nom par un acte légal?

— Non, monseigneur. Entre artistes, ces choses-là ne se font pas, et ne sont pas nécessaires. Mon généreux maître ne possède rien, et n'a rien à léguer. Quant à son nom,

il est fort inutile à ma position dans le monde
que je le porte en vertu d'un usage ou d'un
contrat. Si je le justifie par quelque talent,
il me sera bien acquis ; sinon, j'aurai reçu
un honneur dont j'étais indigne.

Le comte garda le silence pendant quelques instants ; puis, reprenant la main de
Consuelo :

— La noble franchise avec laquelle vous
me répondez me donne encore une plus
haute idée de vous, lui dit-il. Ne pensez pas
que je vous aie demandé ces détails pour
vous estimer plus ou moins, selon votre naissance et votre condition. Je voulais savoir si
vous aviez quelque répugnance à dire la vérité, et je vois que vous n'en n'avez aucune.
Je vous en sais un gré infini, et vous trouve
plus noble par votre caractère que nous ne
le sommes, nous autres, par nos titres.

Consuelo sourit de la bonne foi avec la-

quelle le vieux patricien admirait qu'elle fît,
sans rougir, un aveu si facile. Il y avait dans
cette surprise un reste de préjugé d'autant
plus tenace que Christian s'en défendait plus
noblement. Il était évident qu'il combattait
ce préjugé en lui-même , et qu'il voulait le
vaincre.

— Maintenant, reprit-il, je vais vous faire
une question plus délicate encore, ma chère
enfant , et j'ai besoin de toute votre indulgence pour excuser ma témérité.

— Ne craignez rien , Monseigneur , dit-
elle ; je répondrai à tout avec aussi peu
d'embarras.

— Eh bien ! mon enfant... vous n'êtes pas
mariée ?

— Non, Monseigneur, que je sache,

— Et... vous n'êtes pas veuve ? Vous n'a-
vez pas d'enfants ?

— Je ne suis pas veuve , et je n'ai pas

d'enfants, répondit Consuelo qui eut fort envie de rire, ne sachant où le comte voulait
en venir.

— Enfin, reprit-il, vous n'avez engagé
votre foi à personne, vous êtes parfaitement
libre ?

— Pardon, Monseigneur ; j'avais engagé
ma foi, avec le consentement et même d'a-
près l'ordre de ma mère mourante, à un
jeune garçon que j'aimais depuis l'enfance,
et dont j'ai été la fiancée jusqu'au moment
où j'ai quitté Venise.

— Ainsi donc, vous êtes engagée ? dit le
comte avec un singulier mélange de chagrin
et de satisfaction.

— Non, Monseigneur, je suis parfaitement
libre, répondit Consuelo. Celui que j'aimais
a indignement trahi sa foi, et je l'ai quitté
pour toujours.

— Ainsi, vous l'avez aimé ? dit le comte après une pause.

— De toute mon âme, il est vrai.

— Et... peut-être que vous l'aimez encore ?...

— Non, Monseigneur, cela est impossible.

— Vous n'auriez aucun plaisir à le revoir ?

— Sa vue ferait mon supplice.

— Et vous n'avez jamais permis... Il n'aurait pas osé... Mais vous direz que je deviens offensant et que j'en veux trop savoir !

— Je vous comprends, Monseigneur ; et, puisque je suis appelée à me confesser, comme je ne veux point surprendre votre estime, je vous mettrai à même de savoir, à un iota près, si je la mérite ou non. Il s'est permis bien des choses, mais il n'a osé que ce que j'ai permis. Ainsi, nous avons souvent bu dans la

même tasse, et reposé sur le même banc. Il
a dormi dans ma chambre pendant que je
disais mon chapelet. Il m'a veillée pendant
que j'étais malade. Je ne me gardais pas
avec crainte. Nous étions toujours seuls, nous
nous aimions, nous devions nous marier,
nous nous respections l'un l'autre. J'avais
juré à ma mère d'être ce qu'on appelle une
fille sage. J'ai tenu parole, si c'est être sage
que de croire à un homme qui doit nous
tromper, et de donner sa confiance, son affection, son estime, à qui ne mérite rien de
tout cela. C'est lorsqu'il a voulu cesser d'être
mon frère, sans devenir mon mari, que j'ai
commencé à me défendre. C'est lorsqu'il m'a
été infidèle que je me suis applaudie de m'ê-
tre bien défendue. Il ne tient qu'à cet homme
sans honneur de se vanter du contraire; cela
n'est pas d'une grande importance pour une
pauvre fille comme moi. Pourvu que je

chante juste, on ne m'en demandera pas davantage. Pourvu que je puisse baiser sans
remords le crucifix sur lequel j'ai juré à ma
mère d'être chaste, je ne me tourmenterai
pas beaucoup de ce qu'on pensera de moi.
Je n'ai pas de famille à faire rougir, pas de
frères, pas de cousins à faire battre pour
moi...

— Pas de frères? Vous en avez un !

Consuelo se sentit prête à confier au vieux
comte toute la vérité sous le sceau du secret.
Mais elle craignit d'être lâche, en cherchant
hors d'elle-même un refuge contre celui qui
l'avait menacée lâchement. Elle pensa qu'elle
seule devait avoir la fermeté de se défendre et de se délivrer d'Anzoleto. Et
d'ailleurs la générosité de son cœur recula devant l'idée de faire chasser par son
hôte l'homme qu'elle avait si religieusement
aimé. Quelque politesse que le comte Chris-

tian dut savoir mettre à éconduire Anzoleto,
quelque coupable que fût ce dernier, elle ne se
sentit pas le courage de le soumettre à une
si grande humiliation. Elle répondit donc à
la question du vieillard, qu'elle regardait son
frère comme un écervelé, et n'avait pas l'habitude de le traiter autrement que comme
un enfant.

— Mais ce n'est pas un mauvais sujet ? dit
le comte.

— C'est peut-être un mauvais sujet, répondit-elle. J'ai avec lui le moins de rapports
possible ; nos caractères et notre manière
de voir sont très différents. Votre seigneurie
a pu remarquer que je n'étais pas fort pres-
sée de le retenir ici.

— Il en sera ce que vous voudrez, mon
enfant ; je vous crois pleine de jugement.
Maintenant que vous m'avez tout confié avec
un si noble abandon...

— Pardon, monseigneur, dit Consuelo ; je ne vous ai pas dit tout ce qui me concerne, car vous ne me l'avez pas demandé. J'ignore le motif de l'intérêt que vous daignez prendre aujourd'hui à mon existence. Je présume que quelqu'un a parlé de moi ici d'une manière plus ou moins défavorable, et que vous voulez savoir si ma présence ne déshonore pas votre maison. Jusqu'ici, comme vous ne m'aviez interrogée que sur des choses très superficielles, j'aurais cru manquer à la modestie qui convient à mon rôle en vous entretenant de moi sans votre permission ; mais puisque vous paraissez vouloir me connaître à fond, je dois vous dire une circonstance qui me fera peut-être du tort dans votre esprit. Non-seulement il serait possible, comme vous l'avez souvent présumé (et quoique je n'en aie nulle envie maintenant), que je vinsse à embrasser la carrière du théâtre ; mais encore il est avéré que j'ai débuté à Venise, à la saison dernière, sous le nom de Consuelo... On m'avait surnommée la Zingarella, et tout Venise connaît ma figure et ma voix.

— Attendez donc ! s'écria le comte, tout étourdi de cette nouvelle révélation. Vous seriez cette merveille dont on a fait tant de bruit à Venise l'an dernier, et dont les gazettes italiennes ont fait mention plusieurs fois avec de si pompeux éloges ? La plus belle voix, le plus beau talent qui, de mémoire d'homme, se soit révélé...

— Sur le théâtre de San-Samuel, monseigneur. Ces éloges sont sans doute bien exagérés ; mais il est un fait incontestable, c'est que je suis cette même Consuelo, que j'ai chanté dans plusieurs opéras, que je suis actrice, en un mot, ou, comme on dit plus poliment, cantatrice. Voyez maintenant si je mérite de conserver votre bienveillance.

— Voilà des choses bien extraordinaires et un destin bizarre ! dit le comte absorbé dans ses réflexions. Avez-vous dit tout cela ici à... à quelque autre que moi, mon enfant ?

— J'ai à peu près tout dit au comte votre fils, monseigneur, quoique je ne sois pas entrée dans les détails que vous venez d'entendre.

— Ainsi, Albert connaît votre extraction, votre ancien amour, votre profession ?

— Oui, monseigneur.

— C'est bien, ma chère signora. Je ne puis trop vous remercier de l'admirable loyauté de votre conduite à notre égard, et je vous promets que vous n'aurez pas lieu de vous en repentir. Maintenant, Consuelo... (oui, je me souviens que c'est le nom qu'Albert vous a donné dès le commencement, lorsqu'il vous parlait espagnol), permettez-moi de me recueillir un peu. Je me sens fort ému. Nous

avons encore bien des choses à nous dire,
mon enfant, et il faut que vous me pardonniez un peu de trouble à l'approche d'une dé-
cision aussi grave. Faites-moi la grâce de
m'attendre ici un instant.

Il sortit, et Consuelo, le suivant des yeux,
le vit, à travers les portes dorées garnies de
glaces, entrer dans son oratoire et s'y agenouiller avec ferveur.

En proie à une vive agitation, elle se perdait en conjectures sur la suite d'un entretien qui s'annonçait avec tant de solennité.
D'abord, elle avait pensé qu'en l'attendant,
Anzoleto, dans son dépit, avait déjà fait ce
dont il l'avait menacée; qu'il avait causé
avec le chapelain ou avec Hanz, et que la
manière dont il avait parlé d'elle avait élevé
de graves scrupules dans l'esprit de ses hôtes. Mais le comte Christian ne savait pas
feindre, et jusque-là son maintien et ses dis-

cours annonçaient un redoublement d'affection plutôt que l'invasion de la défiance.
D'ailleurs, la franchise de ses réponses l'a-
vait frappé comme auraient pu faire des
révélations inattendues ; la dernière surtout
avait été un coup de foudre. Et maintenant
il priait, il demandait à Dieu de l'éclairer
ou de le soutenir dans l'accomplissement
d'une grande résolution. Va-t-il me prier de
partir avec mon frère ? va-t-il m'offrir de l'argent ? se demandait-elle. Ah ! que Dieu me
préserve de cet outrage ! Mais non ! cet
homme est trop délicat, trop bon pour songer à m'humilier. Que voulait-il donc me
dire d'abord, et que va-t-il me dire maintenant ? Sans doute ma longue promenade
avec son fils lui donne des craintes, et il va
me gronder. Je l'ai mérité peut-être, et j'ac-
cepterai le sermon, ne pouvant répondre
avec sincérité aux questions qui me seraient

faites sur le compte d'Albert. Voici une rude journée ; et si j'en passe beaucoup de pareilles, je ne pourrai plus disputer la palme du chant aux jalouses maîtresses d'Anzoleto. Je me sens la poitrine en feu et la gorge desséchée.

Le comte Christian revint bientôt vers elle. Il était calme, et sa pâle figure portait le témoignage d'une victoire remportée en vue d'une noble intention.—Ma fille, dit-il à Consuelo en se rasseyant auprès d'elle, après l'avoir forcée de garder le fauteuil somptueux qu'elle voulait lui céder, et sur lequel elle trônait malgré elle d'un air craintif : il est temps que je réponde par ma franchise à celle que vous m'avez témoignée. Consuelo, mon fils vous aime.

Consuelo rougit et pâlit tour à tour. Elle essaya de répondre. Christian l'interrompit.

—Ce n'est pas une question que je vous

fais, dit–il; je n'en aurais pas le droit, et
vous n'auriez peut-être pas celui d'y répondre; car je sais que vous n'avez encouragé
en aucune façon les espérances d'Albert. Il
m'a tout dit; et je crois en lui, parce qu'il n'a
jamais menti, ni moi non plus.

— Ni moi non plus, dit Consuelo en levant
les yeux au ciel avec l'expression de la plus
candide fierté. Le comte Albert a dû vous
dire, monseigneur...

— Que vous aviez repoussé toute idée d'u-
nion avec lui.

— Je le devais. Je savais les usages et les
idées du monde; je savais que je n'étais pas
faite pour être la femme du comte Albert,
par la seule raison que je ne m'estime l'in-
férieure de personne devant Dieu, et que je
ne voudrais recevoir de grâce et de faveur
de qui que ce soit devant les hommes.

— Je connais votre juste orgueil, Con-

suelo. Je le trouverais exagéré, si Albert
n'eût dépendu que de lui-même ; mais dans
la croyance où vous étiez que je n'approu-
verais jamais une telle union, vous avez dû
répondre comme vous l'avez fait.

— Maintenant, monseigneur, dit Consuelo
en se levant, je comprends le reste, et je vous
supplie de m'épargner l'humiliation que je
redoutais. Je vais quitter votre maison,
comme je l'aurais déjà quittée, si j'avais cru
pouvoir le faire sans compromettre la raison
et la vie du comte Albert, sur lesquelles j'ai
eu plus d'influence que je ne l'aurais sou-
haité. Puisque vous savez ce qu'il ne m'était
pas permis de vous révéler, vous pourrez
veiller sur lui, empêcher les conséquences de
cette séparation, et reprendre un soin qui
vous appartient plus qu'à moi. Si je me le
suis arrogé indiscrètement, c'est une faute
que Dieu me pardonnera ; car il sait quelle

pureté de sentiments m'a guidée en tout ceci.

— Je le sais, reprit le comte, et Dieu a parlé à ma conscience comme Albert avait parlé à mes entrailles. Restez donc assise, Consuelo, et ne vous hâtez pas de condamner mes intentions. Ce n'est point pour vous ordonner de quitter ma maison, mais pour vous supplier à mains jointes d'y rester toute votre vie, que je vous ai demandé de m'écouter.

— Toute ma vie ! répéta Consuelo en retombant sur son siège, partagée entre le bien que lui faisait cette réparation à sa dignité et l'effroi que lui causait une pareille offre. Toute ma vie ! Votre seigneurie ne songe pas à ce qu'elle me fait l'honneur de me dire.

— J'y ai beaucoup songé, ma fille, répondit le comte avec un sourire mélancolique,

et je sens que je ne dois pas m'en repentir. Mon
fils vous aime éperdument, vous avez tout
pouvoir sur son âme. C'est vous qui me l'a-
vez rendu, vous qui avez été le chercher
dans un endroit mystérieux qu'il ne veut pas
me faire connaître, mais où nulle autre
qu'une mère ou une sainte, m'a-t-il dit, n'eût
osé pénétrer. C'est vous qui avez risqué
votre vie pour le sauver de l'isolement et du
délire où il se consumait. C'est grâce à vous
qu'il a cessé de nous causer, par ses absences,
d'affreuses inquiétudes. C'est vous qui lui
avez rendu le calme, la santé, la raison, en
un mot. Car il ne faut pas se le dissimuler,
mon pauvre enfant était fou, et il est certain
qu'il ne l'est plus. Nous avons passé presque
toute la nuit à causer ensemble, et il m'a
montré une sagesse supérieure à la mienne.
Je savais que vous deviez sortir avec lui ce
matin. Je l'avais donc autorisé à vous de-

mander ce que vous n'avez pas voulu écouter... Vous aviez peur de moi, chère Consuelo ! vous pensiez que le vieux Rudolstadt,
encroûté dans ses préjugés nobiliaires, aurait honte de vous devoir son fils. Eh bien !
vous vous trompiez. Le vieux Rudolstadt
a eu de l'orgueil et des préjugés sans
doute ; il en a peut-être encore, il ne veut
pas se farder devant vous ; mais il les abjure,
et, dans l'élan d'une reconnaissance sans
bornes, il vous remercie de lui avoir rendu
son dernier, son seul enfant ! « En parlant
ainsi, le comte Christian prit les deux mains
de Consuelo dans les siennes, et les couvrit
de baisers en les arrosant de larmes.

9

Consuelo fut vivement attendrie d'une démonstration qui la réhabilitait à ses propres yeux et tranquillisait sa conscience. Jusqu'à ce moment, elle avait eu souvent la crainte de s'être imprudemment livrée à sa générosité et à son courage; maintenant elle en recevait la sanction et la récompense. Ses larmes de joie se mêlèrent à celles du vieillard, et ils restèrent longtemps trop émus l'un et l'autre pour continuer la conversation.

Cependant Consuelo ne comprenait pas encore la proposition qui lui était faite, et le comte, croyant s'être assez expliqué, regardait son silence et ses pleurs comme des signes d'adhésion et de reconnaissance. — Je vais, lui dit-il enfin, amener mon fils à vos pieds, afin qu'il joigne ses bénédictions aux miennes en apprenant l'étendue de son bonheur.

— Arrêtez, monseigneur! dit Consuelo toute interdite de cette précipitation. Je ne comprends pas ce que vous exigez de moi. Vous approuvez l'affection que le comte Albert m'a témoignée et le dévouement que j'ai eu pour lui. Vous m'accordez votre con-

fiance, vous savez que je ne la trahirai pas ;
mais comment puis-je m'engager à consacrer
toute ma vie à une amitié d'une nature si
délicate ? Je vois bien que vous comptez sur
le temps et sur ma raison pour maintenir la
santé morale de votre noble fils, et pour calmer la vivacité de son attachement pour moi.
Mais j'ignore si j'aurai longtemps cette puissance; et d'ailleurs, quand même ce ne serait
pas une intimité dangereuse pour un homme
aussi exalté, je ne suis pas libre de consacrer
mes jours à cette tâche glorieuse. Je ne m'appartiens pas !

— O ciel! que dites-vous , Consuelo ? Vous
ne m'avez donc pas compris ? ou vous m'avez
trompé en me disant que vous étiez libre ,
que vous n'aviez ni attachement de cœur, ni
engagement, ni famille ?

—Mais, monseigneur, reprit Consuelo stupéfaite, j'ai un but, une vocation, un état.

J'appartiens à l'art auquel je me suis consacrée dès mon enfance.

—Que dites-vous, grand Dieu ! Vous voulez retourner au théâtre ?

— Cela, je l'ignore, et j'ai dit la vérité en
affirmant que mon désir ne m'y portait pas.
Je n'ai encore éprouvé que d'horribles souffrances dans cette carrière orageuse ; mais je
sens pourtant que je serais téméraire si je
m'engageais à y renoncer. C'a été ma destinée, et peut-être ne peut-on pas se soustraire
à l'avenir qu'on s'est tracé. Que je remonte
sur les planches, ou que je donne des leçons
et des concerts, je suis, je dois être cantatrice. A quoi serais-je bonne, d'ailleurs? où
trouverais-je de l'indépendance? à quoi oc-
cuperais-je mon esprit rompu au travail, et
avide de ce genre d'émotion ?

— O Consuelo, Consuelo ! s'écria le comte
Christian avec douleur, tout ce que vous di-

tes là est vrai ! Mais je pensais que vous aimiez mon fils, et je vois maintenant que vous ne l'aimez pas !

— Et si je venais à l'aimer avec la passion qu'il faudrait avoir pour renoncer à moi-même, que diriez-vous, monseigneur ? s'écria à son tour Consuelo impatientée. Vous jugez donc qu'il est absolument impossible à une femme de prendre de l'amour pour le comte Albert, puisque vous me demandez de rester toujours avec lui ?

— Eh quoi ! me suis-je si mal expliqué, ou me jugez-vous insensé, chère Consuelo ? Ne vous ai-je pas demandé votre cœur et votre main pour mon fils ? N'ai-je pas mis à vos pieds une alliance légitime et certainement honorable ? Si vous aimiez Albert, vous trouveriez sans doute dans le bonheur de partager sa vie un dédommagement à la perte de votre gloire et de vos triomphes ! Mais vous

ne l'aimez pas, puisque vous regardez comme impossible de renoncer à ce que vous
appelez votre destinée!

Cette explication avait été tardive, à l'insçu
même du bon Christian. Ce n'était pas sans
un mélange de terreur et de mortelle répugnance que le vieux seigneur avait sacrifié
au bonheur de son fils toutes les idées de sa
vie, tous les principes de sa caste ; et lorsque,
après une longue et pénible lutte avec Albert
et avec lui-même, il avait consommé le sacrifice, la ratification absolue d'un acte si
terrible n'avait pu arriver sans effort de son
cœur à ses lèvres.

Consuelo le pressentit ou le devina; car au
moment où Christian parut renoncer à la
faire consentir à ce mariage, il y eut certainement sur le visage du vieillard une expression de joie involontaire, mêlée à celle d'une
étrange consternation.

En un instant Consuelo comprit sa situation, et une fierté peut-être un peu trop personnelle lui inspira de l'éloignement pour le
parti qu'on lui proposait. — Vous voulez que
je devienne la femme du comte Albert! dit-
elle encore étourdie d'une offre si étrange.
Vous consentiriez à m'appeler votre fille, à
me faire porter votre nom, à me présenter à
vos parents, à vos amis?...Ah! monseigneur!
combien vous aimez votre fils, et combien votre fils doit vous aimer !

— Si vous trouvez en cela une générosité
si grande , Consuelo, c'est que votre cœur
ne peut en concevoir une pareille, ou que
l'objet ne vous paraît pas digne!

— Monseigneur, dit Consuelo après s'être
recueillie en cachant son visage dans ses
mains, je crois rêver. Mon orgueil se réveille
malgré moi à l'idée des humiliations dont ma
vie serait abreuvée, si j'osais accepter le sa-

crifice que votre amour paternel vous sug-
gère.

— Et qui oserait vous humilier, Consuelo,
quand le père et le fils vous couvriraient
de l'égide du mariage et de la famille?

—Et la tante, monseigneur? la tante, qui
est ici une mère véritable, verrait-elle cela
sans rougir ?

— Elle-même viendra joindre ses prières
aux nôtres, si vous promettez de vous laisser
fléchir. Ne demandez pas plus que la faiblesse
de l'humaine nature ne comporte. Un amant,
un père, peuvent subir l'humiliation et la
douleur d'un refus. Ma sœur ne l'oserait pas.
Mais, avec la certitude du succès, nous l'a-
mènerons dans vos bras, ma fille.

— Monseigneur, dit Consuelo tremblante,
le comte Albert vous avait donc dit que je
l'aimais ?

— Non ! répondit le comte, frappé d'une

réminiscence subite. Albert m'avait dit que l'obstacle serait dans votre cœur. Il me l'a répété cent fois ; mais moi, je n'ai pu le croire. Votre réserve me paraissait assez fondée sur votre droiture et votre délicatesse. Mais je pensais qu'en vous délivrant de vos scrupules, j'obtiendrais de vous l'aveu que vous lui aviez refusé.

— Et que vous a-t-il dit de notre promenade d'aujourd'hui ?

— Un seul mot : « Essayez, mon père ; c'est le seul moyen de savoir si c'est la fierté ou l'éloignement qui me ferment son cœur. »

— Hélas, monseigneur, que penserez-vous de moi, si je vous dis que je l'ignore moi-même ?

— Je penserai que c'est l'éloignement, ma chère Consuelo. Ah ! mon fils, mon pauvre fils ! Quelle affreuse destinée est la sienne ! Ne pouvoir être aimé de la seule femme qu'il

ait pu, qu'il pourra peut-être jamais aimer!
Ce dernier malheur nous manquait.

— O mon Dieu! vous devez me haïr, monseigneur! Vous ne comprenez pas que ma
fierté résiste quand vous immolez la vôtre.
La fierté d'une fille comme moi vous paraît
bien moins fondée; et pourtant croyez que
dans mon cœur il y a un combat aussi violent
à cette heure que celui dont vous avez triomphé vous-même.

— Je le comprends. Ne croyez pas, signora, que je respecte assez peu la pudeur,
la droiture et le désintéressement, pour ne
pas apprécier la fierté fondée sur de tels trésors. Mais ce que l'amour paternel a su vaincre (vous voyez que je vous parle avec un
entier abandon), je pense que l'amour d'une
femme le fera aussi. Eh bien! quand toute
la vie d'Albert, la vôtre et la mienne seraient,
je le suppose, un combat contre les préjugés

du monde, quand nous devrions en souffrir longtemps et beaucoup tous les trois, et ma sœur avec nous, n'y aurait-il pas dans notre mutuelle tendresse, dans le témoignage de notre conscience, et dans les fruits de notre dévouement, de quoi nous rendre plus forts que tout ce monde ensemble? Un grand amour fait paraître légers ces maux qui vous semblent trop lourds pour vous-même et pour nous. Mais ce grand amour, vous le cherchez, éperdue et craintive, au fond de votre âme; et vous ne l'y trouvez pas, Consuelo, parce qu'il n'y est pas.

— Eh bien! oui, la question est là, là tout entière, dit Consuelo en posant fortement ses mains contre son cœur; tout le reste n'est rien. Moi aussi j'avais des préjugés; votre exemple me prouve que c'est un devoir pour moi de les fouler aux pieds, et d'être aussi grande, aussi héroïque que vous! Ne parlons

donc plus de mes répugnances, de ma fausse
honte. Ne parlons même plus de mon avenir,
de mon art ! ajouta-t-elle en poussant un profond soupir. Cela même je saurai l'abjurer
si... si j'aime Albert ! Car voilà ce qu'il faut
que je sache. Écoutez-moi, monseigneur. Je
me le suis cent fois demandé à moi-même,
mais jamais avec la sécurité que pouvait
seule me donner votre adhésion. Comment
aurais-je pu m'interroger sérieusement,
lorsque cette question même était à mes
yeux une folie et un crime ? A présent, il me
semble que je pourrai me connaître et me
décider. Je vous demande quelques jours
pour me recueillir, et pour savoir si ce dévouement immense que j'ai pour lui, ce respect, cette estime sans bornes que m'inspi-
rent ses vertus, cette sympathie puissante,
cette domination étrange qu'il exerce sur moi
par sa parole, viennent de l'amour ou de

l'admiration. Car j'éprouve tout cela, monseigneur, et tout cela est combattu en moi par une terreur indéfinissable, par une tristesse profonde, et, je vous dirai tout, ô mon noble ami! par le souvenir d'un amour moins enthousiaste, mais plus doux et plus tendre, qui ne ressemblait en rien à celui-ci.

— Étrange et noble fille! répondit Christian avec attendrissement; que de sagesse et de bizarreries dans vos paroles et dans vos idées! Vous ressemblez sous bien des rapports à mon pauvre Albert, et l'incertitude agitée de vos sentiments me rappelle ma femme, ma noble, et belle, et triste Wanda!.. O Consuelo! vous réveillez en moi un souvenir bien tendre et bien amer. J'allais vous dire: Surmontez ces irrésolutions, triomphez de ces répugnances; aimez, par vertu, par grandeur d'âme, par compassion, par l'effort d'une charité pieuse et ardente, ce pau_

vre homme qui vous adore, et qui, en vous
rendant malheureuse peut-être, vous devra
son salut, et vous fera mériter les récom-
penses célestes ! Mais vous m'avez rappelé
sa mère, sa mère qui s'était donnée à moi par
devoir et par amitié ! Elle ne pouvait avoir
pour moi, homme simple, débonnaire et
timide, l'enthousiasme qui brûlait son imagination. Elle fut fidèle et généreuse jusqu'au
bout cependant ; mais comme elle a souffert !
Hélas ! son affection faisait ma joie et mon
supplice ; sa constance, mon orgueil et mon
remords. Elle est morte à la peine, et mon
cœur s'est brisé pour jamais. Et maintenant,
si je suis un être nul, effacé, mort avant d'ê-
tre enseveli, ne vous en étonnez pas trop,
Consuelo : j'ai souffert ce que nul n'a compris, ce que je n'ai dit à personne, et ce que
je vous confesse en tremblant. Ah ! plutôt
que de vous engager à faire un pareil sacri-

fice, et plutôt que de pousser Albert à l'accepter, que mes yeux se ferment dans la douleur, et que mon fils succombe tout de suite à sa destinée! Je sais trop ce qu'il en coûte pour vouloir forcer la nature et combattre l'insatiable besoin des âmes! Prenez donc du temps pour réfléchir, ma fille, ajouta le vieux comte en pressant Consuelo contre sa poitrine gonflée de sanglots, et en baisant son noble front avec un amour de père. Tout sera mieux ainsi. Si vous devez refuser, Albert, préparé par l'inquiétude, ne sera pas foudroyé, comme il l'eût été aujourd'hui par cette affreuse nouvelle.

Ils se séparèrent après cette convention; et Consuelo, se glissant dans les galeries avec la crainte d'y rencontrer Anzoleto, alla s'enfermer dans sa chambre, épuisée d'émotions et de lassitude.

Elle essaya d'abord d'arriver au calme nécessaire, en tâchant de prendre un peu de repos. Elle se sentait brisée, et, se jetant sur son lit, elle tomba bientôt dans une sorte d'accablement plus pénible que réparateur. Elle eût voulu s'endormir avec la pensée d'Albert, afin de la mûrir en elle durant ces mystérieuses manifestations du sommeil, où nous croyons trouver quelquefois le sens prophétique des choses qui nous préoccupent. Mais les rêves entrecoupés qu'elle fit pendant plusieurs heures ramenèrent sans cesse Anzoleto, au lieu d'Albert, devant ses yeux. C'était toujours Venise, c'était toujours la Corte-Minelli; c'était toujours son premier amour, calme, riant et poétique. Et chaque fois qu'elle s'éveillait, le souvenir d'Albert venait se lier à celui de la grotte sinistre où le son du violon, décuplé par les échos de la solitude, évoquait les morts, et pleurait sur la tombe à peine fermée de Zdenko. A cette

idée, la peur et la tristesse fermaient son
cœur aux élans de l'affection. L'avenir qu'on
lui proposait ne lui apparaissait qu'au milieu
des froides ténèbres et des visions sanglan-
tes, tandis que le passé, radieux et fécond,
élargissait sa poitrine, et faisait palpiter son
sein. Il lui semblait qu'en rêvant ce passé,
elle entendait sa propre voix retentir dans
l'espace, remplir la nature, et planer immense en montant vers les cieux; au lieu que
cette voix devenait creuse, sourde, et se perdait comme un râle de mort dans les abîmes
de la terre, lorsque les sons fantastiques du
violon de la caverne revenaient à sa mémoire.

Ces rêveries vagues la fatiguèrent tellement qu'elle se leva pour les chasser; et le
premier coup de la cloche l'avertissant qu'on
servirait le dîner dans une demi-heure, elle
se mit à sa toilette, tout en continuant à se

préoccuper des mêmes idées. Mais, chose
étrange! pour la première fois de sa vie, elle
fut plus attentive à son miroir, et plus occupée de sa coiffure et de son ajustement, que
des affaires sérieuses dont elle cherchait la
solution. Malgré elle, elle se faisait belle et
désirait de l'être. Et ce n'était pas pour
éveiller les désirs et la jalousie de deux
amants rivaux, qu'elle sentait cet irrésistible
mouvement de coquetterie ; elle ne pensait,
elle ne pouvait penser qu'à un seul. Albert
ne lui avait jamais dit un mot sur sa figure.
Dans l'enthousiasme de sa passion, il la
croyait plus belle peut-être qu'elle n'était
réellement ; mais ses pensées étaient si éle-
vées et son amour si grand, qu'il eût craint
de la profaner en la regardant avec les yeux
enivrés d'un amant ou la satisfaction scruta-
trice d'un artiste. Elle était toujours pour lui
enveloppée d'un nuage que son regard n'o-

sait percer, et que sa pensée entourait encore d'une auréole éblouissante. Qu'elle fût
plus ou moins bien, il la voyait toujours la
même. Il l'avait vue livide, décharnée, flé-
trie, se débattant contre la mort, et plus
semblable à un spectre qu'à une femme. Il
avait alors cherché dans ses traits, avec attention et anxiété, les symptômes plus ou
moins effrayants de la maladie; mais il n'a-
vait pas vu si elle avait eu des moments de
laideur, si elle avait pu être un objet d'effroi
et de dégoût. Et lorsqu'elle avait repris l'é-
clat de la jeunesse et l'expression de la vie, il
ne s'était pas aperçu qu'elle eût perdu ou
gagné en beauté. Elle était pour lui, dans la
vie comme dans la mort, l'idéal de toute
jeunesse, de toute expression sublime, de
toute beauté unique et incomparable. Aussi
Consuelo n'avait-elle jamais pensé à lui, en
s'arrangeant devant son miroir.

Mais quelle différence de la part d'Anzoleto! Avec quel soin minutieux il l'avait re-
gardée, jugée et détaillée dans son imagination, le jour où il s'était demandé si elle
n'était pas laide! Comme il lui avait tenu
compte des moindres grâces de sa personne,
des moindres efforts qu'elle avait faits pour
plaire! Comme il connaissait ses cheveux,
son bras, son pied, sa démarche, les couleurs qui embellissaient son teint, les moindres plis que formait son vêtement! Et avec
quelle vivacité ardente il l'avait louée! avec
quelle voluptueuse langueur il l'avait con-
templée! La chaste fille n'avait pas compris
alors les tressaillements de son propre cœur.
Elle ne voulait pas les comprendre encore,
et cependant elle les ressentait presque aussi
violents, à l'idée de reparaître devant ses
yeux. Elle s'impatientait contre elle-même,
rougissait de honte et de dépit, s'efforçait de

s'embellir pour Albert seul; et pourtant elle
cherchait la coiffure, le ruban, et jusqu'au
regard qui plaisaient à Anzoleto. Hélas! hélas! se dit-elle en s'arrachant de son miroir
lorsque sa toilette fut finie; il est donc vrai
que je ne puis penser qu'à lui, et que le bonheur passé exerce sur moi un pouvoir plus
entraînant que le mépris présent et les promesses d'un autre amour! J'ai beau regarder
l'avenir, sans lui il ne m'offre que terreur et
désespoir. Mais que serait-ce donc avec lui?
Ne sais-je pas bien que les beaux jours de
Venise ne peuvent revenir, que l'innocence
n'habiterait plus avec nous, que l'âme d'Anzoleto est à jamais corrompue, que ses ca-
resses m'aviliraient, et que ma vie serait
empoisonnée à toute heure par la honte, la
jalousie, la crainte et le regret?

En s'interrogeant à cet égard avec sévé-
rité, Consuelo reconnut qu'elle ne se faisait

aucune illusion, et qu'elle n'avait pas la plus
secrète émotion de désir pour Anzoleto. Elle
ne l'aimait plus dans le présent, elle le redoutait et le haïssait presque dans un avenir
où sa perversité ne pouvait qu'augmenter;
mais dans le passé elle le chérissait à un tel
point que son âme et sa vie ne pouvaient
s'en détacher. Il était désormais devant elle
comme un portrait qui lui rappelait un être
adoré et des jours de délices; et, comme une
veuve qui se cache de son nouvel époux pour
regarder l'image du premier, elle sentait que
le mort était plus vivant que l'autre dans son
cœur.

10

Consuelo avait trop de jugement et d'élévation dans l'esprit pour ne pas savoir que
des deux amours qu'elle inspirait, le plus
vrai, le plus noble et le plus précieux, était
sans aucune comparaison possible celui d'Albert. Aussi, lorsqu'elle se retrouva entre eux,

elle crut d'abord avoir triomphé de son ennemi. Le profond regard d'Albert, qui semblait pénétrer jusqu'au fond de son âme, la
pression lente et forte de sa main loyale, lui
firent comprendre qu'il savait le résultat de
son entretien avec Christian, et qu'il attendait son arrêt avec soumission et reconnaissance. En effet, Albert avait obtenu plus
qu'il n'espérait, et cette irrésolution lui était
douce auprès de ce qu'il avait craint, tant il
était éloigné de l'outrecuidante fatuité d'Anzoleto. Ce dernier, au contraire, s'était armé
de toute sa résolution. Devinant à peu près
ce qui se passait autour de lui, il s'était déterminé à combattre pied à pied, dût-on le
pousser par les épaules hors de la maison.
Son attitude dégagée, son regard ironique
et hardi, causèrent à Consuelo le plus profond dégoût ; et lorsqu'il s'approcha effrontément pour lui offrir la main, elle détourna

la tête, et prit celle que lui tendait Albert pour se placer à table.

Comme à l'ordinaire le jeune comte alla s'asseoir en face de Consuelo, et le vieux Christian la fit mettre à sa gauche, à la place qu'occupait autrefois Amélie, et qu'elle avait toujours occupée depuis. Mais, au lieu du chapelain qui était en possession de la gauche de Consuelo, la chanoinesse invita le prétendu frère à se mettre entre eux; de sorte que les épigrammes amères d'Anzoleto purent arriver à voix basse à l'oreille de la jeune fille, et que ses irrévérentes saillies purent scandaliser comme il le souhaitait le vieux prêtre, qu'il avait déjà entrepris.

Le plan d'Anzoleto était bien simple. Il voulait se rendre odieux et insupportable à ceux de la famille qu'il pressentait hostiles au mariage projeté, afin de leur donner par son mauvais ton, son air familier, et ses pa-

rôles déplacées, la plus mauvaise idée de
l'entourage et de la parenté de Consuelo. —
Nous verrons, se disait-il, s'ils avaleront *le
frère* que je vais leur servir.

Anzoleto, chanteur incomplet et tragédien
médiocre, avait les instincts d'un bon comi-
que. Il avait déjà bien assez vu le monde,
pour savoir prendre par imitation les manières élégantes et le langage agréable de
la bonne compagnie ; mais ce rôle n'eût servi
qu'à réconcilier la chanoinesse avec la basse
extraction de la fiancée, et il prit le genre
opposé avec d'autant plus de facilité qu'il lui
était plus naturel. S'étant bien assuré que
Wenceslawa, en dépit de son obstination à
ne parler que l'allemand, la langue de la
cour et des sujets bien pensants, ne perdait
pas un mot de ce qu'il disait en italien, il se
mit à babiller à tort et à travers, à fêter le
bon vin de Hongrie, dont il ne craignait pas

les effets, aguerri qu'il était de longue main contre les boissons les plus capiteuses, mais dont il feignit de ressentir les chaleureuses influences pour se donner l'air d'un ivrogne invétéré.

Son projet réussit à merveille, Le comte Christian, après avoir ri d'abord avec indulgence de ses bouffonnes saillies, ne sourit bientôt plus qu'avec effort, et eut besoin de toute son urbanité seigneuriale, de toute son affection paternelle, pour ne pas remettre à sa place le déplaisant futur beau-frère de son noble fils. Le chapelain, indigné, bondit plusieurs fois sur sa chaise, et murmura en allemand des exclamations qui ressemblaient à des exorcismes. Sa réfection en fut horriblement troublée, et de sa vie il ne digéra plus tristement. La chanoinesse écouta toutes les impertinences de son hôte avec un mépris contenu et une assez maligne satis-

faction. A chaque nouvelle sottise, elle levait
les yeux vers son frère, comme pour le prendre à témoin ; et le bon Christian baissait la
tête, en s'efforçant de distraire, par une réflexion assez maladroite, l'attention des auditeurs. Alors la chanoinesse regardait Albert ; mais Albert était impassible. Il ne paraissait ni voir ni entendre son incommode et
joyeux convive.

La plus cruellement oppressée de toutes
ces personnes était sans contredit la pauvre
Consuelo. D'abord elle crut qu'Anzoleto avait
contracté, dans une vie de débauche, ces
manières échevelées, et ce tour d'esprit cynique qu'elle ne lui connaissait pas ; car il
n'avait jamais été ainsi devant elle. Elle en
fut si révoltée et si consternée qu'elle faillit
quitter la table. Mais lorsqu'elle s'aperçut
que c'était une ruse de guerre, elle retrouva
le sang-froid qui convenait à son innocence

et à sa dignité. Elle ne s'était pas immiscée dans les secrets et dans les affections de cette famille, pour conquérir par l'intrigue le rang qu'on lui offrait. Ce rang n'avait pas flatté un instant son ambition, et elle se sentait bien forte de sa conscience contre les secrètes inculpations de la chanoinesse. Elle savait, elle voyait bien que l'amour d'Albert et la confiance de son père étaient au dessus d'une si misérable épreuve. Le mépris que lui inspirait Anzoleto, lâche et méchant dans sa vengeance, la rendait plus forte encore. Ses yeux rencontrèrent une seule fois ceux d'Albert, et ils se comprirent. Consuelo disait : *Oui*, et Albert répondait : *Malgré tout!*

— Ce n'est pas fait ! dit tout bas à Consuelo Anzoleto, qui avait surpris et commenté ce regard.

— Vous me faites beaucoup de bien, lui répondit Consuelo, et je vous remercie.

Ils parlaient entre leurs dents ce dialecte
rapide de Venise qui ne semble composé que
de voyelles, et où l'ellipse est si fréquente
que les Italiens de Rome et de Florence ont
eux-mêmes quelque peine à le comprendre à
la première audition.

— Je conçois que tu me détestes dans ce
moment-ci, reprit Anzoleto, et que tu te crois
sûre de me haïr toujours. Mais tu ne m'é-
chapperas pas pour cela.

— Vous vous êtes dévoilé trop tôt, dit
Consuelo.

— Mais non trop tard, reprit Anzoleto.
Allons, *padre mio benedetto*, dit-il en s'a-
dressant au chapelain, et en lui poussant le
coude de manière à lui faire verser sur son
rabat la moitié du vin qu'il portait à ses lèvres, buvez donc plus courageusement ce
bon vin qui fait autant de bien au corps et à
l'âme que celui de la sainte messe! Seigneur

comte, dit-il au vieux Christian en lui tendant son verre, vous tenez là en réserve, du
côté de votre cœur, un flacon de cristal jaune
qui reluit comme le soleil. Je suis sûr que si
j'avalais seulement une goutte du nectar
qu'il contient, je serais changé en demi-
dieu.

— Prenez garde, mon enfant, dit enfin le
comte en posant sa main maigre chargée de
bagues sur le col tailladé du flacon : le vin
des vieillards ferme quelquefois la bouche
aux jeunes gens.

— Tu enrages à en être jolie comme un
lutin, dit Anzoleto en bon et clair italien à
Consuelo, de manière à être entendu de tout
le monde. Tu me rappelles la *Diavolessa* de
Galuppi, que tu as si bien jouée à Venise l'an
dernier. Ah ça, seigneur comte, prétendez-
vous garder bien longtemps ici ma sœur
dans votre cage dorée, doublée de soie? C'est

un oiseau chanteur, je vous en avertis, et l'oiseau qu'on prive de sa voix perd bientôt ses plumes. Elle est fort heureuse ici, je le conçois; mais ce bon public qu'elle a frappé de vertige la redemande à grands cris là-bas. Et quant à moi, vous me donneriez votre nom, votre château, tout le vin de votre cave, et votre respectable chapelain par dessus le marché, que je ne voudrais pas renoncer à mes quinquets, à mon cothurne, et à mes roulades.

—Vous êtes donc comédien aussi, vous? dit la chanoinesse avec un dédain sec et froid.

— Comédien, baladin pour vous servir, *illustrissima,* répondit Anzoleto sans se déconcerter.

— A-t-il du talent? demanda le vieux Christian à Consuelo avec une tranquillité pleine de douceur et de bienveillance.

— Aucun, répondit Consuelo en regardant son adversaire d'un air de pitié.

— Si cela est, tu t'accuses toi-même, dit Anzoleto ; car je suis ton élève. J'espère pourtant, continua-t-il en vénitien, que j'en aurai assez pour brouiller tes cartes.

— C'est à vous seul que vous ferez du mal, reprit Consuelo dans le même dialecte. Les mauvaises intentions souillent le cœur, et le vôtre perdra plus à tout cela que vous ne pouvez me faire perdre dans celui des autres.

— Je suis bien aise de voir que tu acceptes le défi. A l'œuvre donc, ma belle guerrière ! Vous avez beau baisser la visière de votre casque, je vois le dépit et la crainte briller dans vos yeux.

— Hélas ! vous n'y pouvez lire qu'un profond chagrin à cause de vous. Je croyais pouvoir oublier que je vous dois du mépris, et vous prenez à tâche de me le rappeler.

— Le mépris et l'amour vont souvent fort
bien ensemble.

— Dans les âmes viles.

— Dans les âmes les plus fières ; cela s'est
vu et se verra toujours.

Tout le dîner alla ainsi. Quand on passa au
salon, la chanoinesse, qui paraissait déter-
minée à se divertir de l'insolence d'Anzoleto,
pria celui-ci de lui chanter quelque chose.
Il ne se fit pas prier ; et, après avoir promené
vigoureusement ses doigts nerveux sur le
vieux clavecin gémissant, il entonna une des
chansons énergiques dont il réchauffait les
petits soupers de Zustiniani. Les paroles
étaient lestes. La chanoinesse ne les entendit pas, et s'amusa de la verve avec laquelle
il les débitait. Le comte Christian ne put
s'empêcher d'être frappé de la belle voix et
de la prodigieuse facilité du chanteur. Il s'a-

bandonna avec naïveté au plaisir de l'entendre ; et quand le premier air fut fini, il
lui en demanda un second. Albert, assis auprès de Consuelo, paraissait absolument
sourd, et ne disait mot. Anzoleto s'imagina
qu'il avait du dépit, et qu'il se sentait enfin
primé en quelque chose. Il oublia que son
dessein était de faire fuir les auditeurs avec
ses gravelures musicales ; et, voyant d'ailleurs
que, soit innocence de ses hôtes, soit ignorance du dialecte, c'était peine perdue, il se
livra au besoin d'être admiré, en chantant
pour le plaisir de chanter ; et puis il voulut
faire voir à Consuelo qu'il avait fait des progrès. Il avait gagné effectivement dans l'ordre de puissance qui lui était assigné. Sa
voix avait perdu déjà peut-être sa première
fraîcheur, l'orgie en avait effacé le velouté
de la jeunesse ; mais il était devenu plus
maître de ses effets, et plus habile dans l'art

de vaincre les difficultés vers lesquelles son
goût et son instinct le portaient toujours. Il
chanta bien, et reçut beaucoup d'éloges du
comte Christian, de la chanoinesse, et même
du chapelain, qui aimait beaucoup les *traits*,
et qui croyait la manière de Consuelo trop
simple et trop naturelle pour être savante.
—Vous disiez qu'il n'avait pas de talent, dit
le comte à cette dernière; vous êtes trop sévère ou trop modeste pour votre élève. Il en
a beaucoup, et je reconnais enfin en lui quelque chose de vous.

Le bon Christian voulait effacer par ce petit triomphe d'Anzoleto l'humiliation que sa
manière d'être avait causée à sa prétendue
sœur. Il insista donc beaucoup sur le mérite
du chanteur, et celui-ci, qui aimait trop à
briller pour ne pas être déjà fatigué de son
vilain rôle, se remit au clavecin après avoir
remarqué que le comte Albert devenait de

plus en plus pensif. La chanoinesse, qui s'en-
dormait un peu aux longs morceaux de musique, demanda une autre chanson véni-
tienne ; et cette fois Anzoleto en choisit une
qui était d'un meilleur goût. Il savait que les
airs populaires étaient ce qu'il chantait le
mieux. Consuelo n'avait pas elle-même l'ac-
centuation piquante du dialecte aussi naturelle et aussi caractérisée que lui, enfant des
lagunes, et chanteur mime par excellence.

Il contrefaisait avec tant de grâce et de
charme, tantôt la manière rude et franche
des pêcheurs de l'Istrie, tantôt le laisser-aller
spirituel et nonchalant des gondoliers de Venise, qu'il était impossible de ne pas le regarder et l'écouter avec un vif intérêt. Sa
belle figure, mobile et pénétrante, prenait
tantôt l'expression grave et fière, tantôt l'en-
jouement caressant et moqueur des uns et
des autres. Le mauvais goût coquet de sa

toilette, qui sentait son vénitien d'une lieue, ajoutait encore à l'illusion, et servait à ses avantages personnels, au lieu de leur nuire en cette occasion. Consuelo, d'abord froide, fut bientôt forcée de jouer l'indifférence et la préoccupation. L'émotion la gagnait de plus en plus. Elle revoyait tout Venise dans Anzoleto, et dans cette Venise tout l'Anzoleto des anciens jours, avec sa gaîté, son innocent amour, et sa fierté enfantine. Ses yeux se remplissaient de larmes, et les traits enjoués qui faisaient rire les autres pénétraient son cœur d'un attendrissement profond.

Après les chansons, le comte Christian demanda des cantiques. — Oh! pour cela, dit Anzoleto, je sais tous ceux qu'on chante à Venise; mais ils sont à deux voix, et si ma sœur, qui les sait aussi, ne veut pas les chanter avec moi, je ne pourrai satisfaire vos seigneuries.

On pria aussitôt Consuelo de chanter. Elle s'en défendit longtemps, quoiqu'elle en éprouvât une vive tentation. Enfin, cédant aux instances de ce bon Christian, qui s'évertuait à la réconcilier avec son frère en se montrant tout réconcilié lui-même, elle s'assit auprès d'Anzoleto, et commença en tremblant un de ces longs cantiques à deux parties, divisés en strophes de trois vers, que l'on entend à Venise, dans les temps de dévotion, durant des nuits entières, autour de toutes les madones des carrefours. Leur rhythme est plutôt animé que triste ; mais, dans la monotonie de leur refrain et dans la poésie de leurs paroles, empreintes d'une piété un peu païenne, il y a une mélancolie suave qui vous gagne peu à peu et finit par vous envahir.

Consuelo les chanta d'une voix douce et
voilée, à l'imitation des femmes de Venise,
et Anzoleto avec l'accent un peu rauque et
guttural des jeunes gens du pays. Il impro-
visa en même temps sur le clavecin un ac-
compagnement faible, continu, et frais, qui
rappela à sa compagne le murmure de l'eau
sur les dalles, et le souffle du vent dans les
pampres. Elle se crut à Venise, au milieu
d'une belle nuit d'été, seule au pied d'une
de ces chapelles en plein air qu'ombragent
des berceaux de vignes, et qu'éclaire une
lampe vacillante reflétée dans les eaux légèrement ridées du canal. Oh! quelle différence
entre l'émotion sinistre et déchirante qu'elle
avait éprouvée le matin en écoutant le violon d'Albert, au bord d'une autre onde immobile, noire, muette, et pleine de fantômes,
et cette vision de Venise au beau ciel, aux
douces mélodies, aux flots d'azur sillonnés

de rapides flambeaux ou d'étoiles resplendis-
santes! Anzoleto lui rendait ce magnifique
spectacle, où se concentrait pour elle l'idée
de la vie et de la liberté; tandis que la caverne, les chants bizarres et farouches de
l'antique Bohême, les ossements éclairés de
torches lugubres et reflétés dans une onde
pleine peut-être des mêmes reliques effrayantes; et au milieu de tout cela, la figure pâle
et ardente de l'ascétique Albert, la pensée
d'un monde inconnu, l'apparition d'une
scène symbolique, et l'émotion douloureuse
d'une fascination incompréhensible, c'en
était trop pour l'âme paisible et simple de
Consuelo. Pour entrer dans cette région des
idées abstraites, il lui fallait faire un effort
dont son imagination vive était capable,
mais où son être se brisait, torturé par de
mystérieuses souffrances et de fatigants
prestiges. Son organisation méridionale, plus

encore que son éducation, se refusait à cette
initiation austère d'un amour mystique. Albert était pour elle le génie du Nord, profond, puissant, sublime parfois, mais toujours
triste, comme le vent des nuits glacées et la
voix souterraine des torrents d'hiver. C'était
l'âme rêveuse et investigatrice qui interroge
et symbolise toutes choses, les nuits d'orage,
la course des météores, les harmonies sauvages de la forêt, et l'inscription effacée des
antiques tombeaux. Anzoleto, c'était au
contraire la vie méridionale, la matière em-
brasée et fécondée par le grand soleil, par
la pleine lumière, ne tirant sa poésie que de
l'intensité de sa végétation, et son orgueil
que de la richesse de son principe organique.
C'était la vie du sentiment avec l'âpreté aux
jouissances, le sans-souci et le sans-lende-
main intellectuel des artistes, une sorte d'i-
gnorance ou d'indifférence de la notion du

bien et du mal, le bonheur facile, le mépris ou l'impuissance de la réflexion; en un mot, l'ennemi et le contraire de l'idée.

Entre ces deux hommes, dont chacun était lié à un milieu antipathique à celui de l'autre, Consuelo était aussi peu vivante, aussi peu capable d'action et d'énergie qu'une âme séparée de son corps. Elle aimait le beau, elle avait soif d'un idéal. Albert le lui enseignait, et le lui offrait. Mais Albert, arrêté dans le développement de son génie par un principe maladif, avait trop donné à la vie de l'intelligence. Il connaissait si peu la nécessité de la vie réelle, qu'il avait souvent perdu la faculté de sentir sa propre existence. Il n'imaginait pas que les idées et les objets sinistres avec lesquels il s'était familiarisé pussent, sous l'influence de l'amour et de la vertu, inspirer d'autres sentiments à sa fiancée que l'enthousiasme de la foi et l'atten-

drissement du bonheur. Il n'avait pas prévu,
il n'avait pas compris qu'il l'entraînait dans
une atmosphère où elle mourait, comme une
plante des tropiques dans le crépuscule po-
laire. Enfin il ne comprenait pas l'espèce de
violence qu'elle eût été forcée de faire subir
à son être pour s'identifier au sien.

Anzoleto, tout au contraire, blessant l'âme
et révoltant l'intelligence de Consuelo par
tous les points, portait du moins dans sa vaste
poitrine, épanouie au souffle des vents généreux du midi, tout l'air vital dont la *Fleur
des Espagnes*, comme il l'appelait jadis,
avait besoin pour se ranimer. Elle retrouvait
en lui toute une vie de contemplation ani-
male, ignorante et délicieuse ; tout un monde
de mélodies naturelles, claires et faciles ; tout
un passé de calme, d'insouciance, de mouvement physique, d'innocence sans travail,
d'honnêteté sans efforts, de piété sans ré-

flexion. C'était presque une existence d'oiseau. Mais n'y a-t-il pas beaucoup de l'oiseau dans l'artiste, et ne faut-il pas aussi que l'homme boive un peu à cette coupe de la vie commune à tous les êtres, pour être complet et mener à bien le trésor de son intelligence?

Consuelo chantait d'une voix toujours plus douce et plus touchante, en s'abandonnant par de vagues instincts aux distinctions que je viens de faire à sa place, trop longuement sans doute. Qu'on me le pardonne ! Sans cela comprendrait-on par quelle fatale mobilité de sentiment cette jeune fille si sage et si sincère, qui haïssait avec raison le perfide Anzoleto un quart d'heure auparavant, s'oublia au point d'écouter sa voix, d'effleurer sa chevelure, et de respirer son souffle avec une sorte de délice? Le salon était trop vaste pour être jamais fort éclairé, on le sait déjà ; le

jour baissait d'ailleurs. Le pupitre du clavecin, sur lequel Anzoleto avait laissé un grand
cahier ouvert, cachait leurs têtes aux personnes assises à quelque distance; et leurs
têtes se rapprochaient l'une de l'autre de plus
en plus. Anzoleto, n'accompagnant plus que
d'une main, avait passé son autre bras autour
du corps flexible de son amie, et l'attirait in-
sensiblement contre le sien. Six mois d'indignation et de douleur s'étaient effacés comme
un rêve de l'esprit de la jeune fille. Elle se
croyait à Venise; elle priait la Madone de
bénir son amour pour le beau fiancé que lui
avait donné sa mère, et qui priait avec elle,
main contre main, cœur contre cœur. Albert
était sorti sans qu'elle s'en aperçût, et l'air
était plus léger, le crépuscule plus doux autour d'elle. Tout à coup elle sentit à la fin
d'une strophe les lèvres ardentes de son premier fiancé sur les siennes. Elle retint un

cri ; et, se penchant sur le clavier, elle fondit en larmes.

En ce moment le comte Albert rentra, entendit ses sanglots, et vit la joie insultante d'Anzoleto. Le chant interrompu par l'émotion de la jeune artiste n'étonna pas autant les autres témoins de cette scène rapide. Personne n'avait vu le baiser, et chacun concevait que le souvenir de son enfance et l'amour de son art lui eussent arraché des pleurs. Le comte Christian s'affligeait un peu de cette sensibilité, qui annonçait tant d'attachement et de regrets pour des choses dont il demandait le sacrifice. La chanoinesse et le chapelain s'en réjouissaient, espérant que ce sacrifice ne pourrait s'accomplir. Albert ne s'était pas encore demandé si la comtesse de Rudolstadt pouvait redevenir artiste ou cesser de l'être. Il eût tout accepté, tout permis, tout exigé même, pour qu'elle fût heureuse

et libre dans la retraite, dans le monde où
au théâtre, à son choix. Son absence de préjugés et d'égoïsme allait jusqu'à l'impré-
voyance des cas les plus simples. Il ne lui vint
donc pas à l'esprit que Consuelo pût songer
à s'imposer des sacrifices pour lui qui n'en
voulait aucun. Mais en ne voyant pas ce premier fait, il vit au delà, comme il voyait
toujours ; il pénétra au cœur de l'arbre, et
mit la main sur le ver rongeur. Le véritable
titre d'Anzoleto auprès de Consuelo, le véritable but qu'il poursuivait, et le véritable
sentiment qu'il inspirait, lui furent révélés
en un instant. Il regarda attentivement cet
homme qui lui était antipathique, et sur lequel jusque là il n'avait pas voulu jeter les
yeux, parce qu'il ne voulait pas haïr le frère
de Consuelo. Il vit en lui un amant audacieux,
acharné, et dangereux. Le noble Albert ne
songea pas à lui-même ; ni le soupçon ni la

jalousie n'entrèrent dans son cœur. Le danger était tout pour Consuelo ; car, d'un coup
d'œil profond et lucide, cet homme, dont le
regard vague et la vue délicate ne suppor-
taient pas le soleil et ne discernaient ni les
couleurs ni les formes, lisait au fond de l'âme
et pénétrait, par la puissance mystérieuse de
la divination, dans les plus secrètes pensées
des méchants et des fourbes. Je n'explique-
rai pas d'une manière naturelle ce don
étrange qu'il possédait parfois. Certaines facultés (non approfondies et non définies par
la science) restèrent chez lui incompréhensibles pour ses proches, comme elles le sont
pour l'historien qui vous les raconte, et qui,
à l'égard de ces sortes de choses, n'est pas
plus avancé, après cent ans écoulés que ne le
sont les grands esprits de son siècle. Albert,
en voyant à nu l'âme égoïste et vaine de son
rival, ne se dit pas : Voilà mon ennemi ; mais

il se dit : Voilà l'ennemi de Consuelo. Et,
sans rien faire paraître de sa découverte, il
se promit de veiller sur elle, et de la préserver.

11

Aussitôt que Consuelo vit un instant favorable, elle sortit du salon, et alla dans le jardin. Le soleil était couché, et les premières
étoiles brillaient sereines et blanches dans un
ciel encore rose vers l'occident, déjà noir à
l'est. La jeune artiste cherchait à respirer le

calme dans cet air pur et frais des premières
soirées d'automne. Son sein était oppressé
d'une langueur voluptueuse ; et cependant
elle en éprouvait des remords, et appelait au
secours de sa volonté toutes les forces de son
âme. Elle eût pu se dire : « *Ne puis-je donc
savoir si j'aime ou si je hais ?* » Elle tremblait,
comme si elle eût senti son courage l'abandonner dans la crise la plus dangereuse de sa
vie ; et, pour la première fois, elle ne retrouvait pas en elle cette droiture de premier
mouvement, cette sainte confiance dans ses
intentions, qui l'avaient toujours soutenue
dans ses épreuves. Elle avait quitté le salon
pour se dérober à la fascination qu'Anzoleto
exerçait sur elle, et elle avait éprouvé en
même temps comme un vague désir d'être
suivie par lui. Les feuilles commençaient à
tomber. Lorsque le bord de son vêtement les
faisait crier derrière elle, elle s'imaginait en-

tendre des pas sur les siens, et, prête à fuir, n'osant se retourner, elle restait enchaînée à sa place par une puissance magique.

Quelqu'un la suivait, en effet, mais sans oser et sans vouloir se montrer : c'était Albert. Étranger à toutes ces petites dissimulations qu'on appelle les convenances, et se sentant par la grandeur de son amour au dessus de toute mauvaise honte, il était sorti un instant après elle, résolu de la protéger à son insçu, et d'empêcher son séducteur de la rejoindre. Anzoleto avait remarqué cet empressement naïf, sans en être fort alarmé. Il avait trop bien vu le trouble de Consuelo, pour ne pas regarder sa victoire comme assurée; et, grâce à la fatuité que de faciles succès avaient développée en lui, il était résolu à ne plus brusquer les choses, à ne plus irriter son amante, et à ne plus effaroucher la famille. — Il n'est plus nécessaire de tant me presser, se disait-il. La colère pourrait lui donner des forces. Un air de douleur et d'abattement lui fera perdre le reste de courroux qu'elle a contre moi. Son esprit est fier, attaquons ses sens. Elle est sans doute moins austère qu'à Venise; elle s'est civilisée ici. Qu'importe que mon rival soit heureux un jour de plus? Demain elle est à moi; cette nuit peut-être! Nous verrons bien. Ne la poussons pas par la peur à quelque résolution désespérée. Elle ne m'a pas trahi auprès d'eux. Soit pitié, soit crainte, elle ne dément pas mon rôle de frère; et les grands parents, malgré toutes mes sottises, paraissent résolus à me supporter pour l'amour d'elle. Changeons donc de tactique. J'ai été plus vite que je n'espérais. Je puis bien faire halte.

Le comte Christian, la chanoinesse et le chapelain furent donc fort surpris de lui voir

prendre tout d'un coup de très bonnes manières, un ton modeste, et un maintien doux
et prévenant. Il eut l'adresse de se plaindre
tout bas au chapelain d'un grand mal de
tête, et d'ajouter qu'étant fort sobre d'habitude, le vin de Hongrie, dont il ne s'était pas
méfié au dîner, lui avait porté au cerveau.
Au bout d'un instant, cet aveu fut commu-
niqué en allemand à la chanoinesse et au
comte, qui accepta cette espèce de justifica-
tion avec un charitable empressement. Wenceslawa fut d'abord moins indulgente ; mais
les soins que le comédien se donna pour lui
plaire, l'éloge respectueux qu'il sut faire, à
propos, des avantages de la noblesse, l'admiration qu'il montra pour l'ordre établi dans
le château, désarmèrent promptement cette
âme bienveillante et incapable de rancune.
Elle l'écouta d'abord par désœuvrement, et
finit par causer avec lui avec intérêt, et par

convenir avec son frère que c'était un excel-
lent et charmant jeune homme. Lorsque Consuelo revint de sa promenade, une heure
s'était écoulée, pendant laquelle Anzoleto
n'avait pas perdu son temps. Il avait si bien
regagné les bonnes grâces de la famille, qu'il
était sûr de pouvoir rester autant de jours
au château qu'il lui en faudrait pour arriver
à ses fins. Il ne comprit pas ce que le vieux
comte disait à Consuelo en allemand; mais
il devina, aux regards tournés vers lui, et à
l'air de surprise et d'embarras de la jeune
fille, que Christian venait de faire de lui le
plus complet éloge, en la grondant un peu de
ne pas marquer plus d'intérêt à un frère aussi
aimable.

— Allons, signora, dit la chanoinesse, qui,
malgré son dépit contre la Porporina, ne
pouvait s'empêcher de lui vouloir du bien,
et qui, de plus, croyait accomplir un acte de

religion ; vous avez boudé votre frère à dîner, et il est vrai de dire qu'il le méritait
bien dans ce moment-là. Mais il est meilleur
qu'il ne nous avait paru d'abord. Il vous
aime tendrement, et vient de nous parler de
vous à plusieurs reprises avec toute sorte
d'affection, même de respect. Ne soyez pas
plus sévère que nous. Je suis sûre que s'il se
souvient de s'être grisé à dîner, il en est tout
chagrin, surtout à cause de vous. Parlez-lui
donc, et ne battez pas froid à celui qui vous
tient de si près par le sang. Pour mon compte,
quoique mon frère le baron Frédérik, qui
était fort taquin dans sa jeunesse, m'ait fâ-
chée bien souvent, je n'ai jamais pu rester
une heure brouillée avec lui.

Consuelo, n'osant confirmer ni détruire
l'erreur de la bonne dame, resta comme at-
térée à cette nouvelle attaque d'Anzoleto,
dont elle comprenait bien la puissance et

l'habileté. — Vous n'entendez pas ce que dit
ma sœur ?—dit Christian au jeune homme, je
vais vous le traduire en deux mots. Elle reproche à Consuelo de faire trop la petite ma-
man avec vous ; et je suis sûr que Consuelo
meurt d'envie de faire la paix. Embrassez-
vous donc, mes enfants. Allons, vous, jeune
homme, faites le premier pas ; et si vous avez
eu autrefois envers elle quelques torts dont
vous vous repentiez, dites-le lui afin qu'elle
vous le pardonne.

Anzoleto ne se le fit pas dire deux fois ; et,
saisissant la main tremblante de Consuelo,
qui n'osait la lui retirer : — Oui, dit-il, j'ai eu
de grands torts envers elle, et je m'en re-
pens si amèrement, que tous mes efforts
pour m'étourdir à ce sujet ne servent qu'à
briser mon cœur de plus en plus. Elle le sait
bien ; et si elle n'avait pas une âme de fer,
orgueilleuse comme la force, et impitoyable

comme la vertu, elle aurait compris que mes remords m'ont bien assez puni. Ma sœur, pardonne-moi donc, et rends-moi ton amour; ou bien je vais partir aussitôt, et promener mon désespoir, mon isolement et mon ennui par toute la terre. Étranger partout, sans appui, sans conseil, sans affection, je ne pourrai plus croire à Dieu, et mon égarement retombera sur ta tête.

Cette homélie attendrit vivement le comte, et arracha des larmes à la bonne chanoinesse.

— Vous l'entendez, Porporina, s'écriat-elle; ce qu'il vous dit est très beau et très vrai. Monsieur le chapelain, vous devez, au nom de la religion, ordonner à la signora de se réconcilier avec son frère.

Le chapelain allait s'en mêler. Anzoleto n'attendit pas le sermon, et, saissant Consuelo dans ses bras, malgré sa résistance et son effroi, il l'embrassa passionnément à la barbe du chapelain et à la grande édification de l'assistance. Consuelo, épouvantée d'une tromperie si impudente, ne put s'y associer plus longtemps. — Arrêtez! dit-elle, monsieur le comte, écoutez-moi!...Elle allait tout révéler, lorsqu'Albert parut. Aussitôt l'idée de Zdenko revint glacer de crainte l'âme prête à s'épancher. L'implacable protecteur de Consuelo pouvait vouloir la débarrasser, sans bruit et sans délibération, de l'ennemi contre lequel elle allait l'invoquer. Elle pâlit, regarda Anzoleto d'un air de reproche douloureux, et la parole expira sur ses lèvres.

A sept heures sonnantes, on se remit à table pour souper. Si l'idée de ces fréquents repas est faite pour ôter l'appétit à mes délicates lectrices, je leur dirai que la mode de ne point manger n'était pas en vigueur dans ce temps-là et dans ce pays-là. Je crois l'a-

voir déjà dit : on mangeait lentement, co-
pieusement, et souvent, à Riesenburg. La
moitié de la journée se passait presque à
table ; et j'avoue que Consuelo, habituée dès
son enfance, et pour cause, à vivre tout un
jour avec quelques cuillerées de riz cuit à
l'eau, trouvait ces homériques repas mortellement longs. Pour la première fois, elle ne
sut point si celui-ci dura une heure, un instant ou un siècle. Elle ne vivait pas plus
qu'Albert, lorsqu'il était seul au fond de sa
grotte. Il lui semblait qu'elle était ivre, tant
la honte d'elle-même, l'amour et la terreur,
agitaient tout son être. Elle ne mangea
point, n'entendit et ne vit rien autour d'elle.
Consternée comme quelqu'un qui se sent
rouler dans un précipice, et qui voit se briser
une à une les faibles branches qu'il voulait
saisir pour arrêter sa chute, elle regardait
le fond de l'abîme, et le vertige bourdonnait

dans son cerveau. Anzoleto était près d'elle ;
il effleurait son vêtement, il pressait avec
des mouvements convulsifs son coude contre
son coude, son pied contre son pied. Dans
son empressement à la servir, il rencontrait
ses mains, et les retenait dans les siennes
pendant une seconde ; mais cette rapide et
brûlante pression résumait tout un siècle de
volupté. Il lui disait à la dérobée de ces mots
qui étouffent, il lui lançait de ces regards qui
dévorent. Il profitait d'un instant fugitif
comme l'éclair pour échanger son verre avec
le sien, et pour toucher de ses lèvres le cristal que ses lèvres avaient touché. Et il savait
être tout de feu pour elle, tout de marbre aux
yeux des autres. Il se tenait à merveille, parlait convenablement, était plein d'égards
attentifs pour la chanoinesse, traitait le chapelain avec respect, lui offrait les meilleurs
morceaux des viandes qu'il se chargeait de

découper avec la dextérité et la grâce d'un convive habitué à la bonne chère. Il avait remarqué que le saint homme était gourmand, que sa timidité lui imposait à cet égard de fréquentes privations ; et celui-ci se trouva si bien de ses préférences, qu'il souhaita voir le nouvel écuyer-tranchant passer le reste de ses jours au château des Géants.

On remarqua qu'Anzoleto ne buvait que de l'eau ; et lorsque le chapelain, par échange de bons procédés, lui offrit du vin, il répondit assez haut pour être entendu : Mille grâces ! on ne m'y prendra plus. Votre beau vin est un perfide avec lequel je cherchais à m'étourdir tantôt. Maintenant, je n'ai plus de chagrins, et je reviens à l'eau, ma boisson habituelle et ma loyale amie.

On prolongea la veillée un peu plus que de coutume. Anzoleto chanta encore, et cette fois il chanta pour Consuelo. Il choisit les airs favoris de ses vieux auteurs, qu'elle lui avait appris elle-même; et il les dit avec tout le soin, avec toute la pureté de goût et de délicatesse d'intention qu'elle avait coutume d'exiger de lui. C'était lui rappeler encore les plus chers et les plus purs souvenirs de son amour et de son art.

Au moment où l'on allait se séparer, il prit un instant favorable pour lui dire tout bas : — Je sais où est ta chambre; on m'en a donné une dans la même galerie. A minuit, je serai à genoux à ta porte; j'y resterai prosterné jusqu'au jour. Ne refuse pas de m'entendre un instant. Je ne veux pas reconquérir ton amour, je ne le mérite pas. Je sais que tu ne peux plus m'aimer, qu'un autre est heureux, et qu'il faut que je parte. Je partirai la mort dans l'âme, et le reste de ma vie est dévoué aux furies ! Mais ne me chasse pas sans m'avoir dit un mot de pitié, un mot d'adieu. Si tu n'y consens pas, je partirai dès la pointe du jour, et ce sera fait de moi pour jamais !

— Ne dites pas cela, Anzoleto. Nous devons nous quitter ici, nous dire un éternel adieu. Je vous pardonne, et je vous souhaite...

— Un bon voyage ! reprit-il avec ironie ; puis, reprenant aussitôt son ton hypocrite : Tu es impitoyable, Consuelo. Tu veux que je sois perdu, qu'il ne reste pas en moi un bon sentiment, un bon souvenir. Que crains-tu? Ne t'ai-je pas prouvé mille fois mon respect et la pureté de mon amour? Quand on aime éperdument, n'est-on pas esclave, et ne sais-tu pas qu'un mot de toi me dompte et m'enchaîne? Au nom du ciel, si tu n'es pas la maîtresse de cet homme que tu vas épouser, s'il n'est pas le maître de ton appartement et le compagnon inévitable de toutes tes nuits...

— Il ne l'est pas, il ne le fut jamais, dit Consuelo avec l'accent de la fière innocence.

Elle eût mieux fait de réprimer ce mouvement d'un orgueil bien fondé, mais trop sincère en cette occasion. Anzoleto n'était pas poltron ; mais il aimait la vie, et s'il eût cru trouver dans la chambre de Consuelo un gardien déterminé, il fût resté fort paisiblement dans la sienne. L'accent de vérité qui accompagna la réponse de la jeune fille l'enhardit tout à fait.

— En ce cas, dit-il, je ne compromets pas ton avenir. Je serai si prudent, si adroit, je marcherai si légèrement, je te parlerai si bas, que ta réputation ne sera pas ternie. D'ailleurs, ne suis-je pas ton frère ? Devant partir à l'aube du jour, qu'y aurait-il d'extraordinaire à ce que j'aille te dire adieu ?

— Non ! non ! ne venez pas ! dit Consuelo

épouvantée. L'appartement du comte Albert n'est pas éloigné; peut-être a-t-il tout deviné... Anzoleto, si vous vous exposez... je ne réponds pas de votre vie. Je vous parle sérieusement, et mon sang se glace dans mes veines !

Anzoleto sentit en effet sa main, qu'il avait prise dans la sienne, devenir plus froide que le marbre. — Si tu discutes, si tu parlementes à ta porte, tu exposes mes jours, dit-il en souriant; mais si ta porte est ouverte, si nos baisers sont muets, nous ne risquons rien. Rappelle-toi que nous avons passé des nuits ensemble sans éveiller un seul des nombreux voisins de la Corte-Minelli. Quant à moi, s'il n'y a pas d'autre obstacle que la jalousie du comte, et pas d'autre danger que la mort...

Consuelo vit en cet instant le regard du comte Albert, ordinairement si vague, rede-

venir clair et profond en s'attachant sur Anzoleto. Il ne pouvait entendre ; mais il semblait qu'il entendît avec les yeux. Elle retira
sa main de celle d'Anzoleto, en lui disant
d'une voix étouffée : — Ah ! si tu m'aimes,
ne brave pas cet homme terrible !

— Est-ce pour toi que tu crains ? dit Anzoleto rapidement.

— Non, mais pour tout ce qui m'approche
et me menace.

— Et pour tout ce qui t'adore, sans doute ?
Eh bien ! soit. Mourir à tes yeux, mourir à
tes pieds ; oh ! je ne demande que cela. J'y
serai à minuit ; résiste, et tu ne feras que
hâter ma perte.

— Vous partez demain, et vous ne prenez
congé de personne ? dit Consuelo en voyant
qu'il saluait le comte et la chanoinesse sans
leur parler de son départ.

— Non, dit-il ; ils me retiendraient, et,

malgré moi, voyant tout conspirer pour prolonger mon agonie, je céderais. Tu leur feras mes excuses et mes adieux. Les ordres
sont donnés à mon guide pour que mes
chevaux soient prêts à quatre heures du
matin.

Cette dernière assertion était plus que
vraie. Les regards singuliers d'Albert depuis
quelques heures n'avaient pas échappé à
Anzoleto. Il était résolu à tout oser ; mais il
se tenait prêt pour la fuite en cas d'évènement. Ses chevaux étaient déjà sellés dans
l'écurie, et son guide avait reçu l'ordre de ne
pas se coucher.

Rentrée dans sa chambre, Consuelo fut
saisie d'une véritable épouvante. Elle ne
voulait point recevoir Anzoleto, et en même
temps elle craignait qu'il fût empêché de venir la trouver. Toujours ce sentiment double, faux, insurmontable, tourmentait sa

pensée, et mettait son cœur aux prises avec sa conscience. Jamais elle ne s'était sentie si malheureuse , si exposée, si seule sur la terre. — O mon maître Porpora, où êtes-vous? s'écriait-elle. Vous seul pourriez me sauver ; vous seul connaissez mon mal et les périls auxquels je suis livrée. Vous seul êtes rude, sévère, et méfiant, comme devrait l'être un ami et un père, pour me retirer de cet abîme où je tombe!... Mais n'ai-je pas des amis autour de moi? N'ai-je pas un père dans le comte Christian? La chanoinesse ne serait-elle pas une mère pour moi, si j'a-vais le courage de braver ses préjugés et de lui ouvrir mon cœur? Et Albert n'est-il pas mon soutien, mon frère, mon époux, si je consens à dire un mot ! Oh! oui, c'est lui qui doit être mon sauveur; et je le crains! et je le repousse!.. Il faut que j'aille les trouver tous les trois, ajoutait-elle en se levant et en marchant avec agitation dans sa chambre. Il faut que je m'engage avec eux, que je m'enchaîne à leurs bras protecteurs, que je m'abrite sous les ailes de ces anges gardiens. Le repos, la dignité, l'honneur, résident avec eux; l'abjection et le désespoir m'attendent auprès d'Anzoleto. Oh! oui, il faut que j'aille leur faire la confession de cette affreuse journée, que je leur dise ce qui se passe en moi, afin qu'ils me préservent et me défendent de moi-même. Il faut que je me lie à eux par un serment, que je dise ce *oui* terrible qui mettra une invincible barrière entre moi et mon fléau! J'y vais!...

Et, au lieu d'y aller, elle retombait épuisée sur sa chaise, et pleurait avec déchirement son repos perdu, sa force brisée.

Mais quoi! disait-elle, j'irai leur faire un nouveau mensonge! j'irai leur offrir une fille égarée, une épouse adultère! car je le suis

par le cœur, et la bouche qui jurerait une
immuable fidélité au plus sincère des hommes
est encore toute brûlante du baiser d'un autre; et mon cœur tressaille d'un plaisir im-
pur rien que d'y songer! Ah! mon amour
même pour l'indigne Anzoleto est changé
comme lui. Ce n'est plus cette affection tranquille et sainte avec laquelle je dormais heureuse sous les ailes que ma mère étendait sur
moi du haut des cieux. C'est un entraînement
lâche et impétueux comme l'être qui l'inspire. Il n'y a plus rien de grand ni de vrai
dans mon âme. Je me mens à moi-même depuis ce matin, comme je mens aux autres.
Comment ne leur mentirais-je pas désormais
à toutes les heures de ma vie? Présent ou ab-
sent, Anzoleto sera toujours devant mes
yeux; la seule pensée de le quitter demain
me remplit de douleur, et dans le sein d'un

autre je ne rêverais que de lui. Que faire , que devenir ?

L'heure s'avançait avec une affreuse rapidité, avec une affreuse lenteur. —Je le verrai, se disait-elle. Je lui dirai que je le hais, que je le méprise, que je ne veux jamais le revoir. Mais non, je mens encore; car je ne le lui dirai pas; ou bien, si j'ai ce courage, je me rétracterai un instant après. Je ne puis plus même être sûre de ma chasteté; il n'y croit plus, il ne me respectera pas. Et moi, je ne crois plus à moi-même, je ne crois plus à rien. Je succomberai par peur encore plus que par faiblesse. Oh! plutôt mourir que de descendre ainsi dans ma propre estime, et de donner ce triomphe à la ruse et au libertinage d'autrui, sur les instincts sacrés et les nobles desseins que Dieu avait mis en moi!

Elle se mit à sa fenêtre, et eut véritablement l'idée de se précipiter, pour échapper

par la mort à l'infamie dont elle se croyait
déjà souillée. En luttant contre cette sombre
tentation, elle songea aux moyens de salut
qui lui restaient. Matériellement parlant, elle
n'en manquait pas; mais tous lui semblaient
entraîner d'autres dangers. Elle avait commencé par verrouiller la porte par laquelle
Anzoleto pouvait venir. Mais elle ne connaissait encore qu'à demi cet homme froid et
personnel, et, ayant vu des preuves de son
courage physique, elle ne savait pas qu'il
était tout à fait dépourvu du courage moral
qui fait affronter la mort pour satisfaire la
passion. Elle pensait qu'il oserait venir jusque
là, qu'il insisterait pour être écouté, qu'il
ferait quelque bruit; et elle savait qu'il ne
fallait qu'un souffle pour attirer Albert. Il y
avait auprès de sa chambre un cabinet avec
un escalier dérobé, comme dans presque tous
les appartements du château; mais cet esca-

lier donnait à l'étage inférieur, tout auprès
de la chanoinesse. C'était le seul refuge
qu'elle pût chercher contre l'audace imprudente d'Anzoleto; et, pour se faire ouvrir,
il fallait tout confesser, même d'avance, afin
de ne pas donner lieu à un scandale, que la
bonne Wenceslawa, dans sa frayeur, pourrait bien prolonger. Il avait encore le jardin;
mais si Anzoleto, qui paraissait avoir exploré
tout le château avec soin, s'y rendait de son
côté, c'était courir à sa perte.

En rêvant ainsi, elle vit de la fenêtre de son
cabinet, qui donnait sur une cour de derrière,
de la lumière auprès des écuries. Elle exa-
mina un homme qui rentrait et sortait de ces
écuries sans éveiller les autres serviteurs, et
qui paraissait faire des apprêts de départ.
Elle reconnut à son costume le guide d'Anzoleto, qui arrangeait ses chevaux conformément à ses instructions. Elle vit aussi de la

lumière chez le gardien du pont-levis, et
pensa avec raison qu'il avait été averti par
le guide d'un départ dont l'heure n'était pas
encore fixée. En observant ces détails, et en
se livrant à mille conjectures, à mille pro-
jets, Consuelo conçut un dessein assez étrange
et fort téméraire. Mais comme il lui offrait
un terme moyen entre les deux extrêmes
qu'elle redoutait, et lui ouvrait en même
temps une nouvelle perspective sur les évè-
nements de sa vie, il lui parut une véritable
inspiration du ciel. Elle n'avait pas de temps
à employer pour en examiner les moyens et
les suites. Les uns lui parurent se présenter
par l'effet d'un hasard providentiel ; les autres lui semblèrent pouvoir être détournés.
Elle se mit à écrire ce qui suit, fort à la hâte,
comme on peut croire, car l'horloge du château venait de sonner onze heures :

« Albert, je suis forcée de partir. Je vous

chéris de toute mon âme, vous le savez. Mais
il y a dans mon être des contradictions, des
souffrances, et des révoltes, que je ne puis expliquer ni à vous ni à moi-même. Si je vous
voyais en ce moment, je vous dirais que
je me fie à vous, que je vous abandonne le
soin de mon avenir, que je consens à être
votre femme. Je vous dirais peut-être que je
le veux. Et pourtant je vous tromperais, ou
je ferais un serment téméraire; car mon
cœur n'est pas assez purifié de l'ancien
amour, pour vous appartenir dès à présent
sans effroi, et pour mériter le vôtre sans remords. Je fuis; je vais à Vienne, rejoindre ou
attendre le Porpora, qui doit y être ou y arriver dans peu de jours, comme sa lettre à
votre père vous l'a annoncé dernièrement. Je
vous jure que je vais chercher auprès de lui
l'oubli et la haine du passé, et l'espoir d'un
avenir dont vous êtes pour moi la pierre an-

gulaire. Ne me suivez pas ; je vous le défends,
au nom de cet avenir que votre impatience
compromettrait et détruirait peut-être. Attendez-moi, et tenez-moi le serment que vous
m'avez fait de ne pas retourner sans moi à...
Vous me comprenez ! Comptez sur moi, je
vous l'ordonne ; car je m'en vais avec la
sainte espérance de revenir ou de vous appeler bientôt. Dans ce moment je fais un rêve
affreux. Il me semble que quand je serai seule
avec moi-même, je me réveillerai digne de
vous. Je ne veux point que mon frère me
suive. Je vais le tromper, lui faire prendre
une route opposée à celle que je prends moi-
même. Surtout ce que vous avez de plus cher
au monde, ne contrariez en rien mon projet,
et croyez-moi sincère. C'est à cela que je
verrai si vous m'aimez véritablement, et si je
puis sacrifier sans rougir ma pauvreté à votre richesse, mon obscurité à votre rang,

mon ignorance à la science de votre esprit. Adieu! mais non: à revoir, Albert. Pour vous prouver que je ne m'en vais pas irrévocablement, je vous charge de rendre votre digne et chère tante favorable à notre union, et de me conserver les bontés de votre père, le meilleur, le plus respectacle des hommes! Dites-lui la vérité sur tout ceci. Je vous écrirai de Vienne.»

L'espérance de convaincre et de calmer par une telle lettre un homme aussi épris qu'Albert était téméraire sans doute, mais non déraisonnable. Consuelo sentait revenir, pendant qu'elle lui écrivait, l'énergie de sa volonté et la loyauté de son caractère. Tout ce qu'elle lui écrivait, elle le pensait. Tout ce qu'elle annonçait, elle allait le faire. Elle croyait à la pénétration puissante et presque à la seconde vue d'Albert; elle n'eût pas espéré de le tromper; elle était sûre qu'il croirait en elle, et que, son caractère donné, il lui obéirait ponctuellement. En ce moment, elle jugea les choses, et Albert lui-même, d'aussi haut que lui.

Après avoir plié sa lettre sans la cacheter, elle jeta sur ses épaules son manteau de voyage, enveloppa sa tête dans un voile noir très épais, mit de fortes chaussures, prit sur elle le peu d'argent qu'elle possédait, fit un mince paquet de linge, et, descendant sur la pointe du pied avec d'incroyables précautions, elle traversa les étages inférieurs, parvint à l'appartement du comte Christian, se glissa jusqu'à son oratoire, où elle savait qu'il entrait régulièrement à six heures du matin. Elle déposa la lettre sur le coussin où il mettait son livre avant de s'agenouiller par terre. Puis, descendant jusqu'à la cour, sans éveiller personne, elle marcha droit aux écuries.

Le guide, qui n'était pas trop rassuré de

se voir seul en pleine nuit dans un grand
château où tout le monde dormait comme les
pierres, eut d'abord peur de cette femme
noire qui s'avançait sur lui comme un fantôme. Il recula jusqu'au fond de son écurie,
n'osant ni crier ni l'interroger : c'est ce que
voulait Consuelo. Dès qu'elle se vit hors de la
portée des regards et de la voix (elle savait
d'ailleurs que ni des fenêtres d'Albert ni de
celles d'Anzoleto on n'avait vue sur cette
cour), elle dit au guide : — Je suis la sœur
du jeune homme que tu as amené ici ce matin. Il m'enlève. C'est convenu avec lui depuis un instant. Mets vite une selle de femme
sur son cheval : il y en a ici plusieurs. Suis-
moi à Tusta sans dire un seul mot, sans faire
un seul pas qui puisse apprendre aux gens du
château que je me sauve. Tu seras payé
double. Tu as l'air étonné? Allons, dépêche!
A peine serons-nous rendus à la ville, qu'il

faudra que tu reviennes ici avec les mêmes
chevaux pour chercher mon frère.—Le guide
secoua la tête. — Tu seras payé triple. —
Le guide fit un signe de consentement. — Et
tu le ramèneras bride abattue à Tusta, où je
vous attendrai. — Le guide hocha encore la
tête. — Tu auras quatre fois autant à la dernière course qu'à la première. Le guide
obéit. En un instant le cheval que devait monter Consuelo fut préparé en selle de femme.
— Ce n'est pas tout, dit Consuelo en sautant
dessus avant même qu'il fût bridé entière-
ment ; donne-moi ton chapeau, et jette ton
manteau par-dessus le mien. C'est pour un instant. — J'entends, dit l'autre, c'est pour
tromper le portier ; c'est facile ! Oh ! ce n'est
pas la première fois que j'enlève une demoiselle ! Votre amoureux paiera bien, je pense,
quoique vous soyez sa sœur, ajouta-t-il d'un
air narquois. — Tu seras bien payé par moi

la première. Tais-toi. Es-tu prêt ? — Je suis
à cheval. — Passe le premier, et fais baisser
le pont.

Ils le franchirent au pas, firent un détour
pour ne point passer sous les murs du château, et au bout d'un quart d'heure gagnè-
rent la grande route sablée. Consuelo n'avait
jamais monté à cheval de sa vie. Heureusement, celui-là, quoique vigoureux, était d'un
bon caractère. Son maître l'animait en faisant claquer sa langue, et il prit un galop
ferme et soutenu, qui, à travers bois et
bruyères, conduisit l'amazone à son but au
bout de deux heures.

Consuelo lui retint la bride et sauta à terre
à l'entrée de la ville. — Je ne veux pas qu'on
me voic ici, dit-elle au guide en lui mettant
dans la main le prix convenu pour elle et
pour Anzoleto. Je vais traverser la ville à
pied, et j'y prendrai chez des gens que je

connais une voiture qui me conduira sur la route de Prague. J'irai vite, pour m'éloigner le plus possible, avant le jour, du pays où ma figure est connue ; au jour, je m'arrête-rai, et j'attendrai mon frère.

— Mais en quel endroit ?

— Je ne puis le savoir. Mais dis-lui que ce sera à un relai de poste. Qu'il ne fasse pas de questions avant dix lieues d'ici. Alors il demandera partout madame Wolf ; c'est le premier nom venu ; ne l'oublie pas pourtant. Il n'y a qu'une route pour Prague ?

— Qu'une seule jusqu'à...

— C'est bon. Arrête-toi dans le faubourg pour faire rafraîchir tes chevaux. Tâche qu'on ne voie pas la selle de femme ; jette ton manteau dessus ; ne réponds à aucune ques-tion, et repars. Attends ! encore un mot : dis à mon frère de ne pas hésiter, de ne pas tar-

der, de s'esquiver sans être vu. Il y a danger
de mort pour lui au château.

— Dieu soit avec vous, la jolie fille! répondit le guide, qui avait eu le temps de
rouler entre ses doigts l'argent qu'il venait
de recevoir. Quand mes pauvres chevaux
devraient en crever, je suis content de vous
avoir rendu service. Je suis pourtant fâché,
se dit-il quand elle eut disparu dans l'obscurité, de ne pas avoir aperçu le bout de son
nez; je voudrais savoir si elle est assez jolie
pour se faire enlever. Elle m'a fait peur
d'abord avec son voile noir et son pas résolu;
aussi ils m'avaient fait tant de contes à l'of-
fice, que je ne savais plus où j'en étais. Sont-
ils superstitieux et simples, ces gens-là, avec
leurs revenants et leur homme noir du chêne
de Schreckenstein! Bah! j'y suis passé plus de
cent fois, et je ne l'ai jamais vu! J'avais bien
soin de baisser la tête, et de regarder du

côté du ravin quand je passais au pied de la
montagne.

En faisant ces réflexions naïves, le guide,
après avoir donné l'avoine à ses chevaux, et
s'être administré à lui-même, dans un caba-
ret voisin, une large pinte d'hydromel pour
se réveiller, reprit le chemin de Riesenburg,
sans trop se presser, ainsi que Consuelo
l'avait bien espéré et prévu, tout en lui re-
commandant de faire diligence. Le brave
garçon, à mesure qu'il s'éloignait d'elle, se
perdait en conjectures sur l'aventure romanesque dont il venait d'être l'entremetteur.
Peu à peu les vapeurs de la nuit, et peut-être
aussi celles de la boisson fermentée, lui firent
paraître cette aventure plus merveilleuse encore. Il serait plaisant, pensait-il, que cette
femme noire fût un homme, et cet homme le
revenant du château, le fantôme noir du

Schreckenstein? On dit qu'il joue toutes sortes
de mauvais tours aux voyageurs de nuit, et le
vieux Hanz m'a juré l'avoir vu plus de dix fois,
dans son écurie lorsqu'il allait donner l'avoine
aux chevaux du vieux baron Frédérik avant
le jour. Diable! ce ne serait pas si plaisant!
la rencontre et la société de ces êtres-là est
toujours suivie de quelque malheur. Si mon
pauvre grison a porté Satan cette nuit, il en
mourra pour sûr. Il me semble qu'il jette déjà
du feu par les naseaux; pourvu qu'il ne
prenne pas le mors aux dents! Pardieu! je
suis curieux d'arriver au château, pour voir
si, au lieu de l'argent que cette diablesse m'a
donné, je ne vais pas trouver des feuilles sèches dans ma poche. Et si l'on venait me
dire que la signora Porporina dort bien tranquillement dans son lit au lieu de courir sur
la route de Prague, qui serait pris, du diable

ou de moi? Le fait est qu'elle galopait comme le vent, et qu'elle a disparu en me quittant, comme si elle se fût enfoncée sous terre.

12

Anzoleto n'avait pas manqué de se lever à minuit, de prendre son stylet, de se parfumer, et d'éteindre son flambeau. Mais au moment où il crut pouvoir ouvrir sa porte sans bruit (il avait déjà remarqué que la serrure était douce et fonctionnait très discrètement), il fut fort étonné de ne pouvoir imprimer à la clef le plus léger mouvement. Il s'y brisa les doigts, et s'y épuisa de fatigue, au risque d'éveiller quelqu'un en secouant trop fortement la porte. Tout fut inutile. Son appartement n'avait pas d'autre issue ; la fenêtre donnait sur les jardins à une élévation de cinquante pieds, parfaitement nue et impossible à franchir ; la seule pensée en donnait le vertige. — Ceci n'est pas l'ouvrage du hasard, se dit Anzoleto après avoir encore inutilement essayé d'ébranler sa porte. Que ce soit Consuelo (et ce serait bon signe ; sa peur me répondrait de sa faiblesse), ou que ce soit le comte Albert, tous deux me le paieront à la fois !

Il prit le parti de se rendormir. Le dépit l'en empêcha, et peut-être aussi un certain malaise voisin de la crainte. Si Albert était l'auteur de cette précaution, lui seul n'était pas dupe, dans la maison, de ses rapports fraternels avec Consuelo. Cette dernière avait paru véritablement épouvantée en l'avertissant de prendre garde à *cet homme terrible*. Anzoleto avait beau se dire qu'étant fou, le jeune comte ne mettrait peut-être pas de suite dans ses idées, ou qu'étant d'une illustre naissance, il ne voudrait pas, suivant le préjugé du temps, se commettre dans une partie d'honneur avec un comédien ; ces suppositions ne le rassuraient point. Albert lui avait paru un fou bien tranquille et bien maître de lui-même ; et quant à ses préjugés, il fallait qu'ils ne fussent pas fort enracinés pour lui permettre de vouloir épouser une comédienne. Anzoleto commença donc à craindre sérieusement d'avoir maille à partir avec lui, avant d'en venir à ses fins, et de se faire quelque mauvaise affaire en pure perte. Ce dénouement lui paraissait plus honteux que funeste. Il avait appris à manier l'épée, et se flattait de tenir tête à quelque homme de qualité que ce fût. Néanmoins, il ne se sentit pas tranquille, et ne dormit pas.

Vers cinq heures du matin, il crut entendre des pas dans le corridor, et peu après sa porte s'ouvrit sans bruit et sans difficulté. Il ne faisait pas encore bien jour; et en voyant un homme entrer dans sa chambre avec aussi peu de cérémonie, Anzoleto crut que le moment décisif était venu. Il sauta sur son stylet en bondissant comme un taureau. Mais il reconnut aussitôt, à la lueur du crépuscule, son guide qui lui faisait signe de parler bas et de ne pas faire de bruit. — Que veux-tu dire avec tes simagrées, et que me veux-tu, imbécile? dit Anzoleto avec humeur. Comment as-tu fait pour entrer ici?

— Eh! par où, si ce n'est pas la porte, mon bon seigneur ?

— La porte était fermée à clef.

— Mais vous aviez laissé la clef en dehors.

— Impossible! la voilà sur ma table.

— Belle merveille! il y en a une autre.

— Et qui donc m'a joué le tour de m'enfermer ainsi? Il n'y avait qu'une clef hier soir : serait-ce toi, en venant chercher ma valise?

— Je jure que ce n'est pas moi, et que je n'ai pas vu de clef.

— Ce sera donc le diable! Mais que me veux-tu avec ton air affairé et mystérieux? Je ne t'ai pas fait appeler.

— Vous ne me laissez pas le temps de parler! Vous me voyez, d'ailleurs, et vous savez bien sans doute ce que je vous veux. La signora est arrivée sans encombres à Tusta, et, suivant ses ordres, me voici avec mes chevaux pour vous y conduire.

Il fallut bien quelques instants pour qu'Anzoleto comprît de quoi il s'agissait; mais il s'accommoda assez vite de la vérité pour empêcher que son guide, dont les craintes superstitieuses s'effaçaient d'ailleurs avec les ombres de la nuit, ne retombât dans ses perplexités à l'égard d'une malice du diable. Le drôle avait commencé par examiner et par faire sonner sur les pavés de l'écurie l'argent de Consuelo, et il se tenait pour content de son marché avec l'enfer. Anzoleto comprit à demi-mot, et pensa que la fugitive avait été de son côté surveillée de manière à ne pouvoir l'avertir de sa résolution; que, menacée, poussée à bout peut-être par son jaloux, elle avait saisi un moment propice pour déjouer tous ses efforts, s'évader et prendre la clef des champs. Quoi qu'il en soit, dit-il, il n'y a ni à douter ni à balancer. Les avis qu'elle me fait donner par cet homme, qui l'a conduite sur la route de Prague, sont clairs et précis. Victoire! si je puis toutefois sortir d'ici pour la rejoindre sans être forcé de croiser l'épée!

Il s'arma jusqu'aux dents; et, tandis qu'il s'apprêtait à la hâte, il envoya son guide en éclaireur pour voir si les chemins étaient libres. Sur sa réponse que tout le monde paraissait encore livré au sommeil, excepté le gardien du pont qui venait de lui ouvrir, Anzoleto descendit sans bruit, remonta à cheval, et ne rencontra dans les cours qu'un palefrenier, qu'il appela pour lui donner quelque argent, afin de ne pas laisser à son départ l'apparence d'une fuite. — Par saint Wenceslas! dit ce serviteur au guide, voilà une étrange chose! les chevaux sont couverts.

de sueur en sortant de l'écurie comme s'ils avaient couru toute la nuit.

— C'est votre diable noir qui sera venu les panser, répondit l'autre.

— C'est donc cela, reprit le palefrenier, que j'ai entendu un bruit épouvantable toute la nuit de ce côté-là ! Je n'ai pas osé venir voir; mais j'ai entendu la herse crier, et le pont-levis s'abattre, tout comme je vous vois dans ce moment-ci : si bien que j'ai cru que c'était vous qui partiez, et que je ne m'attendais guère à vous revoir ce matin.

Au pont-levis, ce fut une autre observation du gardien. — Votre seigneurie est donc double? demanda cet homme en se frottant les yeux. Je l'ai vue partir vers minuit, et je la vois encore une fois.

— Vous avez rêvé, mon brave homme, dit Anzoleto en lui faisant aussi une gratification. Je ne serais pas parti sans vous prier de boire à ma santé.

— Votre seigneurie me fait trop d'honneur, dit le portier, qui écorchait un peu l'italien. — C'est égal, dit-il au guide dans sa langue, j'en ai vu deux cette nuit !

—Et prends garde d'en voir quatre la nuit prochaine, répondit le guide en suivant Anzoleto au galop sur le pont : Le diable noir fait de ces tours-là aux dormeurs de ton espèce.

Anzoleto, bien averti et bien renseigné par son guide, gagna Tusta ou Tauss ; car c'est, je crois, la même ville. Il la traversa après avoir congédié son homme et pris des chevaux de poste, s'abstint de faire aucune question durant dix lieues, et, au terme désigné, s'arrêta pour déjeûner (car il n'en pouvait plus), et pour demander une madame Wolf qui devait être par là avec une voiture,

Personne ne put lui en donner de nouvelles,
et pour cause.

Il y avait bien une madame Wolf dans le
village ; mais elle était établie depuis cinquante ans dans la ville, et tenait une bou-
tique de mercerie. Anzoleto, brisé, exténué,
pensa que Consuelo n'avait pas jugé à propos
de s'arrêter en cet endroit. Il demanda une
voiture à louer, il n'y en avait pas. Force lui
fut de remonter à cheval, et de faire une nouvelle course à franc-étrier. Il regardait
comme impossible de ne pas rencontrer à
chaque instant la bienheureuse voiture, où
il pourrait s'élancer et se dédommager de
ses anxiétés et de ses fatigues. Mais il rencontra fort peu de voyageurs, et dans aucune
voiture il ne vit Consuelo. Enfin, vaincu par
l'excès de la lassitude, et ne trouvant de voiture de louage nulle part, il prit le parti de
s'arrêter, mortellement vexé, et d'attendre

dans une bourgade, au bord de la route, que Consuelo vînt le rejoindre; car il pensait l'avoir dépassée. Il eut le loisir de maudire, tout le reste du jour et toute la nuit suivante, les femmes, les auberges, les jaloux et les chemins. Le lendemain, il trouva une voiture publique de passage, et continua de courir vers Prague, sans être plus heureux. Nous le laisserons cheminer vers le Nord, en proie à une véritable rage et à une mortelle impatience mêlée d'espoir, pour revenir un instant nous-mêmes au château, et voir l'effet du départ de Consuelo sur les habitants de cette demeure.

On peut penser que le comte Albert n'avait pas plus dormi que les deux autres personnages de cette brusque aventure. Après s'être muni d'une double clef de la chambre d'Anzoleto, il l'avait enfermé de dehors, et ne s'était plus inquiété de ses tentatives, sa-

chant bien qu'à moins que Consuelo elle-
même ne s'en mêlât, nul n'irait le délivrer.
A l'égard de cette première possibilité dont
l'idée le faisait frémir, Albert eut l'excessive
délicatesse de ne pas vouloir faire d'imprudente découverte.— Si elle l'aime à ce point,
pensa-t-il, je n'ai plus à lutter; que mon sort
s'accomplisse! Je le saurai assez tôt, car elle
est sincère; et demain elle refusera ouvertement les offres que je lui ai faites aujour-
d'hui. Si elle est seulement persécutée et menacée par cet homme dangereux, la voilà du
moins pour une nuit à l'abri de ses pour-
suites. Maintenant, quelque bruit furtif que
j'entends autour de moi, je ne bougerai pas,
et je ne me rendrai point odieux; je n'infli-
gerai pas à cette infortunée le supplice de la
honte, en me montrant devant elle sans être
appelé. Non! je ne jouerai point le rôle d'un
espion lâche, d'un jaloux soupçonneux, lors-

que jusqu'ici ses refus, ses irrésolutions, ne m'ont donné aucun droit sur elle. Je ne sais qu'une chose, rassurante pour mon honneur, effrayante pour mon amour ; c'est que je ne serai pas trompé. Ame de celle que j'aime, toi qui résides à la fois dans le sein de la plus parfaite des femmes et dans les entrailles du Dieu universel, si, à travers les mystères et les ombres de la pensée humaine, tu peux lire en moi à cette heure, ton sentiment intérieur doit te dire que j'aime trop pour ne pas croire à ta parole !

Le courageux Albert tint religieusement l'engagement qu'il venait de prendre avec lui-même ; et bien qu'il crût entendre les pas de Consuelo à l'étage inférieur au moment de sa fuite, et quelque autre bruit moins explicable du côté de la herse, il souffrit, pria, et contint de ses mains jointes son cœur bondissant dans sa poitrine.

Lorsque le jour parut, il entendit marcher et ouvrir les portes du côté d'Anzoleto. — L'infâme, se dit-il, la quitte sans pudeur et sans précaution ! Il semble qu'il veuille afficher sa victoire ! Ah ! le mal qu'il me fait ne serait rien, si une autre âme, plus précieuse et plus chère que la mienne, ne devait pas être souillée par son amour.

A l'heure où le comte Christian avait coutume de se lever, Albert se rendit auprès de lui, avec l'intention, non de l'avertir de ce qui se passait, mais de l'engager à provoquer une nouvelle explication avec Consuelo. Il était sûr qu'elle ne mentirait pas. Il pensait qu'elle devait désirer cette explication, et s'apprêtait à la soulager de son trouble, à la consoler même de sa honte, et à feindre une résignation qui pût adoucir l'amertume de leurs adieux. Albert ne se demandait pas ce qu'il deviendrait après. Il sentait que ou sa raison, ou sa vie, ne supporterait pas un pareil coup, et il ne craignait pas d'éprouver une douleur au dessus de ses forces.

Il trouva son père au moment où il entrait dans son oratoire. La lettre posée sur le coussin frappa leurs yeux en même temps. Ils la saisirent et la lurent ensemble. Le vieillard en fut attéré, croyant que son fils ne supporterait pas l'évènement; mais Albert, qui s'était préparé à un plus grand malheur, fut calme, résigné et ferme dans sa confiance.

— Elle est pure, dit-il; elle veut m'aimer. Elle sent que mon amour est vrai et ma foi inébranlable. Dieu la sauvera du danger. Acceptons cette promesse, mon père, et restons tranquilles. Ne craignez pas pour moi; je serai plus fort que ma douleur, et je commanderai aux inquiétudes si elles s'emparent de moi.

— Mon fils, dit le vieillard attendri, nous

voici devant l'image du Dieu de tes pères.
Tu as accepté d'autres croyances, et je ne te
les ai jamais reprochées avec amertume, tu
le sais, quoique mon cœur en ait bien souffert. Je vais me prosterner devant l'effigie
de ce Dieu sur laquelle je t'ai promis, dans
la nuit qui a précédé celle-ci, de faire tout
ce qui dépendrait de moi pour que ton amour
fût écouté et sanctifié par un nœud respectable. J'ai tenu ma promesse, et je te la re-
nouvelle. Je vais encore prier pour que le
Tout-Puissant exauce tes vœux, et les miens
ne contrediront pas ma demande. Ne te join-
dras-tu pas à moi dans cette heure solen-
nelle qui décidera peut-être dans les cieux
des destinées de ton amour sur la terre? O
toi, mon noble enfant, à qui l'Éternel a conservé toutes les vertus, malgré les épreuves
qu'il a laissé subir à ta foi première! toi que
j'ai vu, dans ton enfance, agenouillé à mes

côtés sur la tombe de ta mère, et priant
comme un jeune ange ce maître souverain
dont tu ne doutais pas alors! refuseras-tu
aujourd'hui d'élever ta voix vers lui, pour
que la mienne ne soit pas inutile?

— Mon père, répondit Albert en pressant
le vieillard dans ses bras, si notre foi diffère
quant à la forme et aux dogmes, nos âmes
restent toujours d'accord sur un principe
éternel et divin. Vous servez un Dieu de sagesse et de bonté, un idéal de perfection, de
science, et de justice, que je n'ai jamais
cessé d'adorer. — O divin crucifié, dit-il en
s'agenouillant auprès de son père devant
l'image de Jésus; toi que les hommes adorent
comme le Verbe, et que je révère comme la
plus noble et la plus pure manifestation de
l'amour universel parmi nous! entends ma
prière, toi dont la pensée vit éternellement
en Dieu et en nous! Bénis les instincts justes

et les intentions droites! Plains la perversité qui triomphe, et soutiens l'innocence qui combat! Qu'il en soit de mon bonheur ce que Dieu voudra! Mais, ô Dieu humain! que ton influence dirige et anime les cœurs qui n'ont d'autre force et d'autre consolation que ton passage et ton exemple sur la terre!

13

Anzoleto poursuivait sa route vers Prague en pure perte ; car aussitôt après avoir donné à son guide les instructions trompeuses qu'elle jugeait nécessaires au succès de son entreprise, Consuelo avait pris, sur la gauche, un chemin qu'elle connaissait, pour

avoir accompagné deux fois en voiture la baronne Amélie à un château voisin de la petite
ville de Tauss. Ce château était le but le plus
éloigné des rares courses qu'elle avait eu occasion de faire durant son séjour à Riesenburg. Aussi l'aspect de ces parages et la direction des routes qui les traversaient, s'é-
taient-ils présentés naturellement à sa mémoire, lorsqu'elle avait conçu et réalisé à la
hâte le téméraire projet de sa fuite. Elle se
rappelait qu'en la promenant sur la ter-
rasse de ce château, la dame qui l'habitait
lui avait dit, tout en lui faisant admirer la
vaste étendue des terres qu'on découvrait au
loin : Ce beau chemin planté que vous voyez
là-bas, et qui se perd à l'horizon, va rejoindre la route du Midi, et c'est par là que
nous nous rendons à Vienne. Consuelo, avec
cette indication et ce souvenir précis, était
donc certaine de ne pas s'égarer, et de rega-

gner à une certaine distance la route par laquelle elle était venue en Bohême. Elle atteignit le château de Biela, longea les cours du parc, retrouva sans peine, malgré l'obscurité, le chemin planté ; et avant le jour elle avait réussi à mettre, entre elle et le point dont elle voulait s'éloigner, une distance de trois lieues environ à vol d'oiseau. Jeune, forte, et habituée dès l'enfance à de longues marches, soutenue d'ailleurs par une volonté audacieuse, elle vit poindre le jour sans éprouver beaucoup de fatigue. Le ciel était serein, les chemins secs, et couverts d'un sable assez doux aux pieds. Le galop du cheval auquel elle n'était point habituée l'avait un peu brisée ; mais on sait que la marche, en pareil cas, est meilleure que le repos, et que, pour les tempéraments énergiques, une fatigue délasse d'une autre.

Cependant, à mesure que les étoiles pâlis-

saient, et que le crépuscule achevait de s'é-
claircir, elle commençait à s'effrayer de son
isolement. Elle s'était sentie bien tranquille
dans les ténèbres. Toujours aux aguets, elle
s'était crue sûre, en cas de poursuite, de
pouvoir se cacher avant d'être aperçue ; mais
au jour, forcée de traverser de vastes espaces découverts, elle n'osait plus suivre la
route battue ; d'autant plus qu'elle vit bientôt
des groupes se montrer au loin, et se répandre comme des points noirs sur la raie blanche que dessinait le chemin au milieu des
terres encore assombries. Si peu loin de Riesenburg, elle pouvait être reconnue par le
premier passant ; et elle prit le parti de se
jeter dans un sentier qui lui sembla devoir
abréger son chemin, en allant couper à angle
droit le détour que la route faisait autour
d'une colline. Elle marcha encore ainsi près
d'une heure sans rencontrer personne, et

entra dans un endroit boisé, où elle put espérer de se dérober facilement aux regards.

— Si je pouvais ainsi gagner, pensait-elle, une avance de huit à dix lieues sans être découverte, je marcherais ensuite tranquillement sur la grande route ; et, à la première occasion favorable, je louerais une voiture et des chevaux.

Cette pensée lui fit porter la main à sa poche pour y prendre sa bourse, et calculer ce qu'après son généreux paiement au guide qui l'avait fait sortir de Riesenburg, il lui restait d'argent pour entreprendre ce long et difficile voyage. Elle ne s'était pas encore donné le temps d'y réfléchir ; et si elle eût fait toutes les réflexions que suggérait la prudence, eût-elle résolu cette fuite aventureuse ? Mais quelles furent sa surprise et sa consternation, lorsqu'elle trouva sa bourse beaucoup plus légère qu'elle ne l'avait sup-

posée ! Dans son empressement, elle n'avait
emporté tout au plus que la moitié de la petite somme qu'elle possédait ; ou bien elle
avait donné au guide, dans l'obscurité, des
pièces d'or pour de l'argent ; ou bien encore,
en ouvrant sa bourse pour le payer, elle
avait laissé tomber dans la poussière de la
route une partie de sa fortune. Tant il y a
qu'après avoir bien compté et recompté sans
pouvoir se faire illusion sur ses faibles res-
sources, elle reconnut qu'il fallait faire à pied
toute la route de Vienne.

Cette découverte lui causa un peu de dé-
couragement, non pas à cause de la fatigue
qu'elle ne redoutait point, mais à cause des
dangers, inséparables pour une jeune femme,
d'une aussi longue route pédestre. La peur
que jusque là elle avait surmontée, en se
persuadant que bientôt elle pourrait se mettre dans une voiture à l'abri des aventures

de grand chemin, commença à parler plus haut qu'elle ne l'avait prévu dans l'effervescence de ses idées ; et, comme vaincue pour la première fois de sa vie par l'effroi de sa misère et de sa faiblesse, elle se mit à marcher précipitamment, cherchant les taillis les plus sombres pour se réfugier en cas d'attaque.

Pour comble d'inquiétude, elle s'aperçut bientôt qu'elle ne suivait plus aucun sentier battu, et qu'elle marchait au hasard dans un bois de plus en plus profond et désert. Si cette morne solitude la rassurait à certains égards, l'incertitude de sa direction lui faisait appréhender de revenir sur ses pas et de se rapprocher à son insçu du château des Géants. Anzoleto y était peut-être encore : un soupçon, un accident, une idée de vengeance contre Albert pouvaient l'y avoir retenu. D'ailleurs Albert lui-même n'était-il pas à crain-

dré dans ce premier moment de trouble et
de désespoir ? Consuelo savait bien qu'il se
soumettrait à son arrêt ; mais si elle allait se
montrer aux environs du château, et qu'on
vînt dire au jeune comte qu'elle était encore
là, à portée d'être atteinte et ramenée, n'ac-
courrait-il pas pour la vaincre par ses sup-
plications et ses larmes ? Fallait-il exposer ce
noble jeune homme, et sa famille, et sa propre fierté, au scandale et au ridicule d'une entreprise avortée aussitôt que conçue ? Le retour d'Anzoleto viendrait peut-être d'ailleurs
ramener au bout de quelques jours les embarras inextricables et les dangers d'une situation qu'elle venait de trancher par un
coup de tête hardi et généreux. Il fallait donc
tout souffrir et s'exposer à tout plutôt que de
revenir à Riesenburg.

Résolue de chercher attentivement la direction de Vienne, et de la suivre à tout prix,

elle s'arrêta dans un endroit couvert et mystérieux, où une petite source jaillissait entre des rochers ombragés de vieux arbres. Les alentours semblaient un peu battus par de petits pieds d'animaux. Étaient-ce les troupeaux du voisinage ou les bêtes de la forêt qui venaient boire parfois à cette fontaine cachée? Consuelo s'en approcha, et, s'agenouillant sur les pierres humectées, trompa la faim, qui commençait à se faire sentir, en buvant de cette eau froide et limpide. Puis, restant pliée sur ses genoux, elle médita un peu sur sa situation. —Je suis bien folle et bien vaine, se dit-elle, si je ne puis réaliser ce que j'ai conçu. Eh quoi! sera-t-il dit que la fille de ma mère se soit efféminée dans les douceurs de la vie, au point de ne pouvoir plus braver le soleil, la faim, la fatigue, et les périls? J'ai fait de si beaux rêves d'indigence et de liberté au sein de ce bien-être qui m'oppressait, et dont j'aspirais toujours à sortir ! et voilà que je m'épouvante dès les premiers pas ? N'est-ce pas là le métier pour lequel je suis née, « courir, pâtir, et oser ? » Qu'y a-t-il de changé en moi depuis le temps où je marchais avant le jour avec ma pauvre mère, souvent à jeun ! et où nous buvions aux petites fontaines des chemins pour nous donner des forces ? Voilà vraiment une belle Zingara, qui n'est bonne qu'à chanter sur les théâtres, à dormir sur le duvet, et à voyager en carrosse ! Quels dangers redoutais-je avec ma mère ? Ne me disait-elle pas, quand nous rencontrions des gens de mauvaise mine : « Ne crains rien ; ceux qui ne possèdent rien n'ont rien qui les menace, et les misérables ne se font pas la guerre entre eux ? » Elle était encore jeune et belle dans ce temps-là ! est-ce que je l'ai jamais vue insultée par les passants ? Les plus méchants hommes respectent les êtres sans défense. Et comment font tant de pauvres filles mendiantes qui courent les chemins, et qui n'ont que la protection de Dieu ? Serais-je comme ces demoiselles qui n'osent faire un pas dehors sans croire que tout l'univers, enivré de leurs charmes, va se mettre à les poursuivre ! Est-ce à dire que parce qu'on est seule, et les pieds sur la terre commune, on doit être avilie, et renoncer à l'honneur quand on n'a pas le moyen de s'entourer de gardiens ? D'ailleurs ma mère était forte comme un homme ; elle se serait défendue comme un lion. Ne puis-je pas être courageuse et forte, moi qui n'ai dans les veines que du bon sang plébéien ? Est-ce qu'on ne peut pas toujours se tuer quand on est menacée de perdre plus que la vie ? Et puis, je suis encore dans un pays tranquille, dont les habitants sont doux et charitables ; et quand je serai sur des terres

inconnues, j'aurai bien du malheur si je ne
rencontre pas, à l'heure du danger, quelqu'un de ces êtres droits et généreux, comme
Dieu en place partout pour servir de providence aux faibles et aux opprimés. Allons!
du courage. Pour aujourd'hui je n'ai à lutter
que contre la faim. Je ne veux entrer dans
une cabane, pour acheter du pain, qu'à la
fin de cette journée, quand il fera sombre et
que je serai bien loin, bien loin. Je connais
la faim, et je sais y résister, malgré les éternels festins auxquels on voulait m'habituer à
Riesenburg. Une journée est bientôt passée.
Quand la chaleur sera venue, et mes jambes
épuisées, je me rappellerai l'axiome philoso-
phique que j'ai si souvent entendu dans mon
enfance : « Qui dort dîne. » Je me cacherai
dans quelque trou de rocher, et je te ferai
bien voir, ô ma pauvre mère qui veilles sur
moi et voyages invisible à mes côtés, à cette

heure, que je sais encore faire la sieste sans sofa et sans coussins !

Tout en devisant ainsi avec elle-même, la pauvre enfant oubliait un peu ses peines de cœur. Le sentiment d'une grande victoire remportée sur elle-même lui faisait déjà paraître Anzoleto moins redoutable. Il lui semblait même qu'à partir du moment où elle avait déjoué ses séductions, elle sentait son âme allégée de ce funeste attachement; et, dans les travaux de son projet romanesque, elle trouvait une sorte de gaîté mélancolique, qui lui faisait répéter tout bas à chaque instant : — Mon corps souffre, mais il sauve mon âme. L'oiseau qui ne peut se défendre a des ailes pour se sauver, et, quand il est dans les plaines de l'air, il se rit des pièges et des embûches.

Le souvenir d'Albert, l'idée de son effroi et de sa douleur, se présentaient différemment à l'esprit de Consuelo ; mais elle combattait de toute sa force l'attendrissement qui la gagnait à cette pensée. Elle avait formé la résolution de repousser son image, tant qu'elle ne se serait pas mise à l'abri d'un repentir trop prompt et d'une tendresse imprudente. Cher Albert, ami sublime, disait-elle, je ne puis m'empêcher de soupirer profondément quand je me représente ta souffrance ! Mais c'est à Vienne seulement que je m'arrêterai à la partager et à la plaindre. C'est à Vienne que je permettrai à mon cœur de me dire combien il te vénère et te regrette !

Allons, en marche ! se dit Consuelo en essayant de se lever. Mais deux ou trois fois elle tenta en vain d'abandonner cette fontaine si sauvage et si jolie, dont le doux bruissement semblait l'inviter à prolonger les instants de son repos. Le sommeil, qu'elle

avait voulu remettre à l'heure de midi, appe-
santissait ses paupières; et la faim, qu'elle
n'était plus habituée à supporter aussi bien
qu'elle s'en flattait, la jetait dans une irrésistible défaillance. Elle voulait en vain se
faire illusion à cet égard. Elle n'avait presque rien mangé la veille; trop d'agitations
et d'anxiétés ne lui avaient pas permis d'y
songer. Un voile s'étendait sur ses yeux;
une sueur froide et pénible allanguissait tout
son corps. Elle céda à la fatigue sans en
avoir conscience; et tout en formant une
dernière résolution de se relever et de reprendre sa marche, ses membres s'affaissè-
rent sur l'herbe, sa tête retomba sur son petit paquet de voyage, et elle s'endormit profondément. Le soleil, rouge et chaud, comme
il est parfois dans ces courts étés de Bohême,
montait gaîment dans le ciel; la fontaine
bouillonnait sur les cailloux, comme si elle

eût voulu bercer de sa chanson monotone le sommeil de la voyageuse, et les oiseaux voltigeaient en chantant aussi leurs refrains babillards au dessus de sa tête.

14

Il y avait presque trois heures que l'oublieuse fille reposait ainsi, lorsqu'un autre bruit que celui de la fontaine et des oiseaux jaseurs la tira de sa léthargie. Elle entr'ouvrit les yeux sans avoir la force de se relever, sans comprendre encore où elle était, et vit à deux pas d'elle un homme courbé sur les rochers, occupé à boire à la source comme elle avait fait elle-même, sans plus de cérémonie et de recherche que de placer sa bouche au courant de l'eau. Le premier sentiment de Consuelo fut la frayeur; mais le second coup d'œil jeté sur l'hôte de sa retraite lui rendit la confiance. Car, soit qu'il eût déjà regardé à loisir les traits de la voyageuse durant son sommeil, soit qu'il ne prît pas grand intérêt à cette rencontre, il ne paraissait pas faire beaucoup d'attention à elle. D'ailleurs, c'était moins un homme qu'un enfant; il paraissait âgé de quinze ou seize ans tout au plus, était fort petit, maigre, extrêmement jaune et hâlé, et sa figure, qui n'était ni belle ni laide, n'annonçait rien dans cet instant qu'une tranquille inso uciance.

Par un mouvement instinctif, Consuelo ramena son voile sur sa figure, et ne changea

pas d'attitude, pensant que si le voyageur
ne s'occupait pas d'elle plus qu'il ne semblait
disposé à le faire, il valait mieux feindre de
dormirq ue de s'attirer des questions embar-
rassantes. A travers son voile, elle ne perdait cependant pas un des mouvements de
l'inconnu, attendant qu'il reprît son bissac et
son bâton déposés sur l'herbe, et qu'il conti-
nuât son chemin.

Mais elle vit bientôt qu'il était résolu à se
reposer aussi, et même à déjeûner ; car il
ouvrit son petit sac de pèlerin, et en tira un
gros morceau de pain bis, qu'il se mit à couper
avec gravité et à ronger à belles dents, tout
en jetant de temps en temps sur la dormeuse
un regard assez timide, et en prenant le soin
de ne pas faire de bruit en ouvrant et en fer-
mant son couteau à ressort, comme s'il eût
craint de la réveiller en sursaut. Cette mar-
que de déférence rendit une pleine confiance

à Consuelo, et la vue de ce pain que son compagnon mangeait de si bon cœur, réveilla en elle les angoisses de la faim. Après s'être bien assurée, à la toilette délabrée de l'enfant et à sa chaussure poudreuse, que c'était un pauvre voyageur étranger au pays, elle jugea que la Providence lui envoyait un secours inespéré, dont elle devait profiter. Le morceau de pain était énorme, et l'enfant pouvait, sans rabattre beaucoup de son appétit, lui en céder une petite portion. Elle se releva donc, affecta de se frotter les yeux comme si elle s'éveillait à l'instant même, et regarda le jeune gars d'un air assuré, afin de lui imposer, au cas où il perdrait le respect dont jusque là il avait fait preuve.

Cette précaution n'était pas nécessaire. Dès qu'il vit la dormeuse debout, l'enfant se troubla un peu, baissa les yeux, les releva avec effort à plusieurs reprises, et enfin, en-

hardi par la physionomie de Consuelo qui de-
meurait irrésistiblement bonne et sympa-
thique, en dépit du soin qu'elle prenait de
la composer, il lui adressa la parole d'un son
de voix si doux et si harmonieux, que la jeune
musicienne fut subitement impressionnée en
sa faveur. — Eh bien ! Mademoiselle, lui dit-il
en souriant, vous voilà donc enfin réveillée ?
Vous dormiez là de si bon cœur, que si ce
n'eût été la crainte d'être impoli, j'en aurais
fait autant de mon côté.

— Si vous êtes aussi obligeant que poli,
lui répondit Consuelo en prenant un ton
maternel, vous allez me rendre un petit service.

— Tout ce que vous voudrez, reprit le
jeune voyageur, à qui le son de voix de Consuelo parut également agréable et péné-
trant.

— Vous allez me vendre un petit morceau

de votre déjeûner, repartit Consuelo, si vous le pouvez sans vous priver.

— Vous le vendre ! s'écria l'enfant tout surpris et en rougissant : oh ! si j'avais un déjeûner, je ne vous le vendrais pas ! je ne suis pas aubergiste ; mais je voudrais vous l'offrir et vous le donner.

— Vous me le donnerez donc, à condition que je vous donnerai en échange de quoi acheter un meilleur déjeûner.

— Non pas, non pas, reprit–il. Vous moquez-vous? Êtes-vous trop fière pour accepter de moi un pauvre morceau de pain? Hélas ! vous voyez, je n'ai que cela à vous offrir.

— Eh bien, je l'accepte, dit Consuelo en tendant la main; votre bon cœur me ferait rougir d'y mettre de la fierté.

— Tenez, tenez ! ma delle demoiselle, s'écria le jeune homme tout joyeux. Prenez le pain et le couteau, et taillez vous-même.

Mais n'y mettez pas de façons, au moins? Je
ne suis pas gros mangeur, et j'en avais là
pour toute ma journée.

— Mais aurez-vous la facilité d'en acheter
d'autre pour votre journée?

— Est-ce qu'on ne trouve pas du pain partout? Allons, mangez donc, si vous voulez
me faire plaisir!

Consuelo ne se fit pas prier davantage; et,
sentant bien que ce serait mal reconnaître
l'élan fraternel de son amphytrion que de ne
pas manger en sa compagnie, elle se rassit
non loin de lui, et se mit à dévorer ce pain,
au prix duquel les mets les plus succulents
qu'elle eût jamais goûtés à la table des riches lui parurent fades et grossiers.

— Quel bon appétit vous avez! dit l'enfant; cela fait plaisir à voir. Eh bien! j'ai du
bonheur de vous avoir rencontrée; cela me
rend tout content. Tenez, croyez-moi, man-

geons-le tout ; nous retrouverons bien une maison sur la route aujourd'hui , quoique ce pays semble un désert.

— Vous ne le connaissez donc pas? dit Consuelo d'un air d'indifférence.

— C'est la première fois que j'y passe, quoique je connaisse la route de Vienne à Pilsen, que je viens de faire, et que je reprends maintenant pour retourner là-bas.

— Où, là-bas? à Vienne?

— Oui, à Vienne ; est-ce que vous y allez aussi?

Consuelo, incertaine si elle accepterait ce compagnon de voyage, ou si elle l'éviterait, feignit d'être distraite pour ne pas répondre tout de suite.

— Bah! qu'est-ce que je dis? reprit le jeune homme. Une belle demoiselle comme vous n'irait pas comme cela toute seule à Vienne .Cependant vous êtes en voyage ; car vous avez un paquet comme moi, et vous êtes à pied comme moi !

Consuelo, décidée à éluder ses questions jusqu'à ce qu'elle vît à quel point elle pouvait se fier à lui, prit le parti de répondre à une interrogation par une autre. — Est-ce que vous êtes de Pilsen ? lui demanda-t-elle.

— Non, répondit l'enfant qui n'avait aucun instinct ni aucun motif de méfiance ; je suis de Rohrau en Hongrie ; mon père y est charron de son métier.

— Et comment voyagez-vous si loin de chez vous ? Vous ne suivez donc pas l'état de votre père ?

— Oui et non. Mon père est charron, et je ne le suis pas ; mais il est en même temps musicien, et j'aspire à l'être.

— Musicien ? Bravo ! c'est un bel état !

— C'est peut-être le vôtre aussi ?

— Vous n'alliez pourtant pas étudier la musique à Pilsen, qu'on dit être une triste ville de guerre?

— Oh, non! J'ai été chargé d'une commission pour cet endroit-là, et je m'en retourne à Vienne pour tâcher d'y gagner ma vie, tout en continuant mes études musicales.

— Quelle partie avez-vous embrassée? la musique vocale ou instrumentale?

— L'une et l'autre jusqu'à présent. J'ai une assez bonne voix; et tenez, j'ai là un pauvre petit violon sur lequel je me fais comprendre. Mais mon ambition est grande, et je voudrais aller plus loin que tout cela.

— Composer, peut-être!

— Vous l'avez dit. Je n'ai dans la tête que cette maudite composition. Je vais vous montrer que j'ai encore dans mon sac un bon compagnon de voyage; c'est un gros livre que j'ai coupé par morceaux, afin de pouvoir en emporter quelques fragments en courant le pays ; et quand je suis fatigué de marcher, je m'assieds dans un coin et j'étudie un peu ; cela me repose.

— C'est fort bien vu. Je parie que c'est le *Gradus ad Parnassum* de Fuchs ?

— Précisément. Ah ! je vois bien que vous vous y connaissez, et je suis sûr à présent que vous êtes musicienne, vous aussi. Tout à l'heure, pendant que vous dormiez, je vous regardais, et je me disais : Voilà une figure qui n'est pas allemande ; c'est une figure méridionale, italienne peut-être ; et qui plus est, c'est une figure d'artiste ! Aussi vous m'avez fait bien plaisir en me demandant de mon pain ; et je vois maintenant que vous avez l'accent étranger, quoique vous parliez l'allemand on ne peut mieux.

— Vous pourriez vous y tromper. Vous

n'avez pas non plus la figure allemande, vous
avez le teint d'un Italien, et cependant...

— Oh! vous êtes bien honnête, mademoiselle. J'ai le teint d'un Africain, et mes camarades de chœur de Saint-Étienne avaient
coutume de m'appeler le Maure. Mais pour
en revenir à ce que je disais, quand je vous
ai trouvée là dormant toute seule au milieu
du bois, j'ai été un peu étonné. Et puis je me
suis fait mille idées sur vous : c'est peut-être,
pensais-je, ma bonne étoile qui m'a conduit
ici pour y rencontrer une bonne âme qui
peut m'être secourable. Enfin... vous dirai-
je tout?

— Dites sans rien craindre.

— Vous voyant trop bien habillée et trop
blanche de visage pour une pauvre coureuse
de chemins, voyant cependant que vous aviez
un paquet, je me suis imaginé que vous deviez être quelque personne attachée à une

autre personne étrangère... et artiste! Oh!
une grande artiste, celle-là, que je cherche
à voir, et dont la protection serait mon salut
et ma joie. Voyons, mademoiselle, avouez-
moi la vérité ! Vous êtes de quelque château
voisin, et vous alliez ou vous veniez de faire
quelque commission aux environs? et vous
connaissez certainement, oh, oui ! vous devez connaître le château des Géants.

— Riesenburg? Vous allez à Riesenburg?

— Je cherche à y aller, du moins ; car je
me suis si bien égaré dans ce maudit bois,
malgré les indications qu'on m'avait données
à Klatau, que je ne sais si j'en sortirai. Heureusement vous connaissez Riesenburg, et
vous aurez la bonté de me dire si j'en suis encore bien loin.

— Mais que voulez-vous aller faire à Riesenburg ?

— Je veux aller voir la Porporina.

— En vérité ! Et Consuelo, craignant de se trahir devant un voyageur qui pourrait parler d'elle au château des Géants, se reprit pour demander d'un air indifférent : — Et qu'est-ce que cette Porporina, s'il vous plait ?

— Vous ne le savez pas ? Hélas ! je vois bien que vous êtes tout à fait étrangère en c e pays. Mais, puisque vous êtes musicienne et que vous connaissez le nom de Fuchs, vous connaissez bien sans doute celui du Porpora ?

— Et vous, vous connaissez le Porpora ?

— Pas encore, et c'est parce que je voudrais le connaître que je cherche à obtenir la protection de son élève fameuse et chérie, la signora Porporina.

— Contez-moi donc comment cette idée vous est venue. Je pourrai peut-être chercher avec vous à approcher de ce château et de cette Porporina.

— Je vais vous conter toute mon histoire. Je suis, comme je vous l'ai dit, fils d'un brave charron, et natif d'un petit bourg aux confins de l'Autriche et de la Hongrie. Mon père est sacristain et organiste de son village; ma mère, qui a été cuisinière chez le seigneur de notre endroit, a une belle voix; et mon père, pour se reposer de son travail, l'accompagnait le soir sur la harpe. Le goût de la musique m'est venu ainsi tout naturellement, et je me rappelle que mon plus grand plaisir, quand j'étais tout petit enfant, c'était de faire ma partie dans nos concerts de famille sur un morceau de bois que je râclais avec un bout de latte, me figurant que je tenais un violon et un archet dans mes mains et que j'en tirais des sons magnifiques. Oh, oui! il me semble encore que mes chères bûches n'étaient pas muettes, et qu'une voix divine, que les autres n'entendaient pas, s'exhalait autour de moi et m'enivrait des plus célestes mélodies.

Notre cousin Franck, maître d'école à Haimburg, vint nous voir, un jour que je jouais ainsi de mon violon imaginaire, et s'amusa de l'espèce d'extase où j'étais plongé. Il prétendit que c'était le présage d'un talent prodigieux, et il m'emmena à Haimburg, où, pendant trois ans, il me donna une bien rude éducation musicale, je vous assure! Quels beaux points d'orgue, avec traits et fioritures, il exécutait avec son bâton à marquer la mesure sur mes doigts et sur mes oreilles! Cependant je ne me rebutais pas. J'apprenais à lire, à écrire; j'avais un violon véritable, dont j'apprenais aussi l'usage élémentaire, ainsi que les premiers principes du chant, et ceux de la langue latine. Je faisais d'aussi rapides progrès qu'il m'était possible avec un maître aussi peu endurant que mon cousin Franck.

J'avais environ huit ans, lorsque le hasard, ou plutôt la Providence, à laquelle j'ai toujours cru en bon chrétien, amena chez mon cousin, M. Reuter, le maître de chapelle de la cathédrale de Vienne. On me présenta à lui comme une petite merveille, et lorsque j'eus déchiffré facilement un morceau à première vue, il me prit en amitié, m'emmena à Vienne, et me fit entrer à Saint-Étienne comme enfant de chœur.

Nous n'avions là que deux heures de travail par jour; et le reste du temps, abandonnés à nous-mêmes, nous pouvions vagabonder en liberté. Mais la passion de la musique étouffait en moi les goûts dissipés et la paresse de l'enfance. Occupé à jouer sur la place avec mes camarades, à peine entendais-je les sons de l'orgue, que je quittais tout pour rentrer dans l'église, et me délecter à écouter les chants et l'harmonie. Je m'oublais le soir dans la rue, sous les fenêtres d'où partaient les bruits entrecoupés d'un concert, ou seulement les sons d'une voix agréable ; j'étais curieux, j'étais avide de connaître et de comprendre tout ce qui frappait mon oreille. Je voulais surtout composer. A treize ans, sans connaître aucune des règles, j'osai bien écrire une messe dont je montrai la partition à notre maître Reuter. Il se moqua de moi, et me conseilla d'apprendre avant de créer. Cela lui était bien facile à dire. Je n'avais pas le moyen de payer un maître, et mes parents étaient trop pauvres pour m'envoyer l'argent nécessaire à la fois à mon entretien et à mon éducation. Enfin, je reçus d'eux un jour six florins, avec lesquels j'achetai le livre que vous voyez, et ce-

lui de Mattheson ; je me mis à les étudier
avec ardeur , et j'y pris un plaisir extrême.
Ma voix progressait et passait pour la plus
belle du chœur. Au milieu des doutes et des
incertitudes de l'ignorance que je m'efforçais
de dissiper , je sentais bien mon cerveau se
développer, et des idées éclore en moi ; mais
j'approchais avec effroi de l'âge ou il faudrait,
conformément aux réglements de la chapelle,
sortir de la maîtrise, et me voyant sans ressour-
ces, sans protection, et sans maîtres, je me demandais si ces huit années de travail à la cathédrale n'allaient pas être mes dernières études, et s'il ne faudrait pas retourner chez mes
parents pour y apprendre l'état de charron.
Pour comble de chagrin , je voyais bien que
maître Reuter , au lieu de s'intéresser à moi,
ne me traitait plus qu'avec dureté, et neson
geait qu'à hâter le moment fatal de mon ren-
voi. J'ignore les causes de cette antipathie,

que je n'ai méritée en rien. Quelques-uns de
mes camarades avaient la légèreté de me
dire qu'il était jaloux de moi, parce qu'il
trouvait dans mes essais de composition une
sorte de révélation du génie musical, et qu'il
avait coutume de haïr et de décourager les
jeunes gens chez lesquels il découvrait un
élan supérieur au sien propre. Je suis loin
d'accepter cette vaniteuse interprétation de
ma disgrâce ; mais je crois bien que j'avais
commis une faute en lui montrant mes essais. Il me prit pour un ambitieux sans cer-
velle et un présomptueux impertinent.

— Et puis, dit Consuelo en interrompant
le narrateur, les vieux précepteurs n'aiment
pas les élèves qui ont l'air de comprendre
plus vite qu'ils n'enseignent. Mais dites-moi
votre nom, mon enfant.

— Je m'appelle Joseph.

— Joseph qui ?

— Joseph Haydn.

— Je veux me rappeler ce nom, afin de savoir un jour, si vous devenez quelque chose, à quoi m'en tenir sur l'aversion de votre maître, et sur l'intérêt que m'inspire votre histoire. Continuez-la, je vous prie.

Le jeune Haydn reprit en ces termes, tandis que Consuelo, frappée du rapport de leurs destinées de pauvres et d'artistes, regardait attentivement la physionomie de l'enfant de chœur. Cette figure chétive et bilieuse prenait, dans l'épanchement du récit, une singulière animation. Ses yeux bleus pétillaient d'une finesse à la fois maligne et bienveillante, et rien dans sa manière d'être et de dire n'annonçait un esprit ordinaire.

FIN DU QUATRIÈME VOLUME.